AF107419

www.ingramcontent.com/pod-product-compliance
Lightning Source LLC
LaVergne TN
LVHW010348070526
838199LV00065B/5807
* 9 7 8 9 3 6 9 0 8 4 8 5 2 *

داماد

(طنزیہ مزاحیہ ناول)

شوکت تھانوی

© Shaukat Thanvi

Daamaad *(Humorous Novel)*
by: Shaukat Thanvi
Edition: February '2025
Publisher :
Taemeer Publications LLC (Michigan, USA / Hyderabad, India)

ISBN 978-93-6908-485-2

مصنف یا ناشر کی پیشگی اجازت کے بغیر اس کتاب کا کوئی بھی حصہ کسی بھی شکل میں بشمول ویب سائٹ پر اَپ لوڈنگ کے لیے استعمال نہ کیا جائے۔ نیز اس کتاب پر کسی بھی قسم کے تنازع کو نمٹانے کا اختیار صرف حیدرآباد (تلنگانہ) کی عدلیہ کو ہو گا۔

© شوکت تھانوی

کتاب	:	**داماد** (مزاحیہ ناول)
مصنف	:	**شوکت تھانوی**
صنف	:	فکشن
ناشر	:	تعمیر پبلی کیشنز (حیدرآباد، انڈیا)
سالِ اشاعت	:	۲۰۲۵ء
صفحات	:	۱۲۴
سرورق ڈیزائن	:	تعمیر ویب ڈیزائن

بیگم اقبال منّان

کے نام

جو منّان کو "نانِ من" کہتی ہیں

اور منّان اُن کو دام اقبالہا سمجھتے ہیں

وہ تختۂ مشق بنایا گیا اور اس کو تختۂ مشق بن جانا پڑا۔ ایک بر خود غلط، ضدی لڑکی نے جب کسی اور سے انتقام لینے کے لئے اس کو اپنے مرکزِ انتخاب کی حیثیت سے سوسائٹی میں پیش کرنے کے قابل بنا لیا۔ اُس وقت اس نقل میں بھی اصلیت کی رُوح پیدا ہو چکی تھی۔ اُس لڑکی کو کیا معلوم تھا کہ اسی کی بلی اسی سے میاؤں کہے گی۔ مگر اس بلی نے میاؤں کہا اور اس لئے کہا کہ اس کو میاؤں کہنا سکھایا گیا تھا

نیّر : مسعود یہ صاحب زادی کون تھیں۔

مسعود: ارے نیّر تم ؟ اتنی جلدی کیسے آگئیں کیا جلسہ ختم ہوگیا۔

نیّر : ناگوار ہوا ہوگا میرا جلد واپس آجانا۔ مگر میرے سوال کا جواب دو یہ تھیں کون بیگم صاحبہ۔

مسعود: طلعت تھی۔

نیّر : طلعت ؟ وہ کیا ہوتی ہیں ؟

مسعود: میری خالہ زاد بہن ہے۔ پنڈی سے خالو جان کا تبادلہ لاہور ہوگیا ہے آج سب پہنچے ہیں ۔ لاہور پہنچتے ہی طلعت میرے پاس آئی۔ عجیب سرپھری لڑکی ہے۔ کسی سے اطلاع کرادیتی تو میں خود پہنچ جاتا۔

نیّر : اب جناب کب پہنچ رہے ہیں اپنی ان خالہ زاد بہن کے یہاں جو لاہور پہنچتے ہی سیدھی آپ کے پاس تشریف لائیں۔

مسعود: جانا تو چاہیئے تھا اس کے ساتھ ہی خالہ جان کے سلام کو مگر زیدی ٹیلی فون پر بٹھا گئے ہیں ۔ کراچی سے ایک ضروری ٹیلی فون آنے والا ہے اُن کا۔

نیّر: کاش زیدی کو معلوم ہوتا کہ ان کے اس حکم کی تعمیل میں جناب کے کتنے بے تاب جذبات کا خون ہو رہا ہے۔

مسعود: بے تاب جذبات؟ وہ کیسے؟

نیّر: مسعود مجھ کو بے وقوف نہ بناؤ۔ میں سب کچھ دیکھ چکی ہوں۔ جس دُلار سے تم اُن صاحب زادی کے شانے پر ہاتھ رکھے ہوئے ان کو پہنچانے باہر گئے تھے اور واپسی میں جو چمک اپنی آنکھوں میں لائے تھے وہ میں دیکھ چکی ہوں۔

مسعود: کمال کرتی ہو نیّر۔ کہہ تو چکا ہوں کہ وہ میری خالہ زاد بہن ہے۔

نیّر: میں خوب جانتی ہوں اِن خالہ زاد اور چچازاد بہنوں اور بھائیوں کو۔ مگر میں یہ برداشت نہیں کرسکتی۔

مسعود: کیا؟ —— کیا برداشت نہیں کرسکتیں۔

نیّر: اِس قسم کے مناظر جن میں کا ایک ابھی دیکھ چکی ہوں۔

مسعود: پھر وہی۔ آخر تم نے دیکھا کیا ہے۔ اتنے دنوں کی بچھڑی ہوئی بہن جو مجھ کو اپنے زندہ عزیزوں میں سب سے زیادہ عزیز ہے اور جو مجھ کو سب سے زیادہ عزیز رکھتی ہے۔ مجھ سے ملنے آئی۔ ظاہر ہے کہ ہم دونوں ایک دوسرے کو دیکھ کر خوش ہوئے۔

نیّر: یہی میں برداشت نہیں کرسکتی۔ تم اس کو سب سے زیادہ عزیز رکھتے ہو، وہ تم کو سب سے زیادہ عزیز رکھتی ہے۔ تم دونوں ایک دوسرے کو دیکھ کر خوش ہوئے۔ میں یہ برداشت نہیں کرسکتی۔

مسعود: مگر کیوں؟

نیّر: تم کو معلوم ہے کہ میں کیوں برداشت نہیں کرسکتی۔

مسعود: اگر مجھ کو معلوم ہوتا تو میں نہ پوچھتا۔

مسعود سچا تھا اس کو واقعی یہ نہ معلوم تھا کہ نیّر اس کے لئے کیا جذبات رکھتی ہے اور نیّر بھی سچی تھی کہ مسعود کو یقیناً یہ معلوم ہونا چاہئے تھا کہ اس کے باپ کے انتقال کے وقت نیّر کے والد نواب ممتاز الدولہ نے یتیم مسعود کے سر پر صرف اس لئے ہاتھ نہ رکھا تھا کہ وہ ان کے مرحوم دوست کی نشانی ہے یا ایک بے آسرا یتیم ہے بلکہ اُن کے پیش نظر اُس وقت بھی اپنی اکلوتی دختر نیّر تھی جس کے لئے وہ ایک شوہر خریدنا چاہتے تھے اور داماد پانے کا یہ بہترین موقع تھا کہ ان کو ایک کھرے خاندان کا ایسا بے آسرا بچہ مل رہا تھا جس کو وہ حسبِ منشا تعلیم دلا کر آسانی سے گھر داماد بنا سکتے تھے۔ چنانچہ وہ مسعود کو اپنے گھر لے آئے اور ہر طرف ان کی فیاضی اور نیک نیتی کی دھوم مچ گئی کہ سبحان اللہ کیا دوستی کا حق ادا کیا ہے، دوست کے یتیم بچے کو کلیجے سے لگا کر لے گئے۔ پھر جب مسعود کے لئے آتالیق اور اُستاد مقرر ہوئے اور جب مسعود چھوٹے سے پونی پر اعلیٰ درجے کا لباس پہن کر ہوا خوری کو نکلنے لگا تو دیکھنے والوں کو قائل ہونا پڑا کہ یتیم وہ اب نہیں ہوا ہے بلکہ باپ کی زندگی میں یتیم تھا۔ نواب ممتاز الدولہ کی اولوالعزمی مسعود کے لباس، وضع قطع اور تعلیمی اہتمام میں نظر آنے لگی۔ کسی نے کہا نواب صاحب اولادِ نرینہ کا شوق پورا کر رہے ہیں۔ کسی نے کہا یتیم کے سر پر ہاتھ رکھ کر جنت میں گھر بنا رہے ہیں، حالانکہ وہ صرف بیٹی کا گھر بسانے کے لئے ایک داماد کو پروان چڑھا رہے تھے اور اپنے انتقال کے وقت وہ مطمئن تھے کہ بیٹی کے لئے بہترین لڑکا گھر ہی میں موجود ہے۔

مسعود کی تعلیم اور تربیت جس معیار پر ہوئی، چاہئے تو یہ تھا کہ مسعود رئیس زادوں کی طرح نکما بن کر رہ جاتا جو پڑھتے ضرور ہیں مگر کچھ حاصل کرنے کے لئے نہیں بلکہ انسانیت سے گزر جانے

کے لئے مگر مسعود بگڑ نہ سکا۔ ممکن ہے اس کی وجہ یہ ہو کہ خود نواب صاحب کی اس توجہ میں وہ دُلار اور لاڈ شامل نہ تھا جو عموماً اولاد کے لئے ہوتا ہے وہ تو دراصل تجارت کر رہے تھے۔ مسعود کی اس تعلیم اور تربیت کا مقصد یہ ہرگز نہ تھا کہ وہ ذاتی طور پر تعلیم یافتہ ہو جائے بلکہ وہ تو صرف یہ چاہتے تھے کہ ان کی بیٹی کا یہ ہونے والا شوہر اس قابل بن جائے کہ اس کو داماد بناتے ہوئے ان کو یہ محسوس نہ ہو کہ اپنی بلندی سے مجبوراً کسی پستی کی طرف جھکے ہیں۔ ظاہر ہے کہ داماد تو ایسی چیز نہیں کہ کسی کمپنی میں آرڈر دے کر حسب منشا بنوایا جاسکے کہ یہ تعلیم ہو، یہ عادات ہوں، یہ وضع قطع ہو، اس قسم کا مزاج ہو اور یہ افتادِ طبیعت ہو مگر وہ جو کسی نے کہا ہے کہ دولت سے سب ہی کچھ خریدا جاسکتا ہے۔ نواب ممتاز الدولہ کو قسمت سے یہ موقع بھی مل گیا کہ اپنی مرضی کے عین مطابق داماد بنوا سکیں چنانچہ وہ مسعود کو اپنی دامادی کے قابل بنانے میں شب و روز مصروف رہے اور آخر وہ دن بھی آیا کہ مسعود امتیاز کے ساتھ گریجویٹ ہو گیا۔

یہ تو سب کچھ درست ہے مگر مسعود کو آج پہلی مرتبہ نیّر نے یہ کہہ کر حیران کیا تھا کہ وہ اس کو برداشت نہیں کر سکتی کہ مسعود اپنی خالہ زاد بہن طلعت سے ملے۔ اُس طلعت سے جس کے نقوش اس کے دل و دماغ پر اتنے گہرے تھے کہ بچپن کی یادیں عمر کے ساتھ اب جوان ہو چکی تھیں۔ وہ بھولی بھالی معصوم سی بچی طلعت جو اب تک اس کے خوابوں میں بسنے والی مخلوق تھی اب اس کی تعبیر کی دنیا میں ایک جیتی جاگتی حقیقت بن کر سامنے آچکی تھی۔ اور وہ لاہور پہنچتے ہی سب سے پہلے اس کے پاس پہنچی اس کی آنکھوں میں مسعود کے لئے جو چیز بچپن میں تھی وہی چیز اب جوان ہو چکی تھی۔ بچپن میں اس چیز کا کوئی نام نہ تھا مگر اب اس کو کشش کے علاوہ اور کوئی نام نہیں دیا جا سکتا۔ یہ تو سب کچھ درست ہے مگر مسعود حیران تھا کہ نیّر یہ برداشت کیوں نہیں کر سکتی اور نیّر اس وقت اس طرح بپھری ہوئی اس کے سامنے کھڑی تھی کہ باوجود نیّر کی ضدی طبیعت اور چڑچڑے مزاج کا اندازہ ہونے کے مسعود حیران تھا کہ یہ کیفیت جو آج نظر آرہی ہے قطعاً نئی ہے اور اس کی سمجھ میں کچھ نہ آتا تھا کہ

نیر کو کن الفاظ میں سمجھائے اور سمجھائے بھی تو کس طرح سمجھائے۔ آخر نیر نے خود کہا

نیر: میں آپ کو اس قدر معصوم نہیں سمجھتی کہ آپ یہ بھی نہ سمجھ سکیں کہ میں یہ کیوں برداشت نہیں کر سکتی۔

مسعود: یہ تو میں جانتا ہوں کہ آپ میں برداشت کی قوت ایک سرے سے ہے ہی نہیں مگر یہاں یہ سوال ہی کیسے پیدا ہوا۔

نیر: یہ سوال اس لئے پیدا ہوا کہ آپ کو اس لڑکی سے دلچسپی ہے۔

مسعود: یقیناً ہے اور ہونی ہی چاہئے۔ میں آپ کو نہیں سمجھا سکتا کہ طلعت میرے لئے کیا ہے۔

نیر: مگر یہ بات آپ کو پہلے ہی بتا دینی چاہئے تھی۔

مسعود: یہ تو کوئی ڈھکی چھپی بات نہیں وہ اکثر یہاں آئی ہے۔ صرف اس مرتبہ میں اس سے چار سال بعد ملا ہوں اس لئے کہ میں یہاں تھا ہی نہیں، تعلیمی سلسلے میں باہر رہا۔

نیر: چار سال پہلے جن بے تکلفیوں کو بچپن کہہ کر ٹالا جا سکتا تھا وہی باتیں اب معنی خیز بن چکی ہیں۔

مسعود: کیا معنی خیز بن گئی ہیں، یہی نا کہ میں اس کو واقعی بہت عزیز رکھتا ہوں۔

نیر: مگر اس کا آپ کو کوئی حق نہیں۔

مسعود: مجھ کو نہیں معلوم تھا کہ میرا یہ حق بھی چھن چکا ہے۔ کیا میں پوچھ سکتا ہوں کہ مجھ کو اس کا حق کیوں نہیں ہے۔

نیر: آپ پوچھنا ہی چاہتے ہیں اور جان بوجھ کر پوچھنا چاہتے ہیں تو سنئے۔ آپ کو یہ حق اس لئے نہیں ہے کہ آپ کے اس التفات کی مستحق میں اور صرف میں ہوں۔

مسعود: آپ؟ یہ آپ کیا کہہ رہی ہیں۔

نیر: میں نے غالباً کسی ایسی زبان میں بات نہیں کی ہے جس سے آپ واقف نہ ہوں۔

مسعود: مگر میں نے اس نقطۂ نظر سے آپ کو پڑھنے کی کبھی کوشش نہیں کی۔

نیّر: حالانکہ سوائے اس کے اور کوئی نقطۂ نظر ہی نہ تھا۔

مسعود: جی نہیں سب سے بڑا نقطۂ نظر یہ تھا کہ آپ میری محسن زادی ہیں۔ میرے دل میں آپ کی عزت ہمیشہ اس لئے رہی کہ آپ اس شریف النفس فیاض اور اُلوالعزم بزرگ کی بیٹی ہیں جس نے مجھ یتیم کے سر پر ہاتھ رکھا اور باپ سے زیادہ شفقت کے ساتھ مجھے پالا۔ وہ بزرگ جس کی موت نے مجھ کو صحیح معنوں میں یتیم کر دیا مگر میں نے کبھی یہ خیال بھی اپنے دل میں نہ آنے دیا کہ تم یہ سمجھ بیٹھو گی۔ مجھ کو ابا جان کے انتقال کے بعد سے تمہاری فکر تھی کہ بڑا بھائی بن کر تمہاری شادی کسی ایسی جگہ کروں کہ ابا جان کی رُوح کو سکون حاصل ہو۔ زیدی کا انتخاب اسی نقطۂ نظر سے کیا تھا۔

نیّر: (چیخ کر) مسعود۔ خدا کے لئے چُپ رہو۔ مجھ کو کیا معلوم تھا کہ زیدی کو تم اس لئے یہاں لائے ہو۔ میں اس کو صرف تمہارا دوست سمجھ کر انگیز کر رہی تھی۔ اور اب اِس گھر میں اُس کے لئے کوئی جگہ نہ ہو گی۔

مسعود: تم کو اپنے گھر پر پورا اختیار حاصل ہے نیّر۔ مگر میں تو تمہاری آج کی باتیں سن کر حیران رہ گیا ہوں۔

نیّر: اور میں حیران ہوں کہ اب تک تم یہ بھی نہ سمجھ سکے کہ ابا جان کی تم کو یہاں لانے۔ تم کو اس دل سوزی سے پڑھانے۔ تم کو اس محبت سے پروان چڑھانے میں نیت کیا تھی۔ یہ تو کوئی ایسی پیچیدہ بات نہ تھی کہ تم اس کو کبھی سمجھ ہی نہ سکے۔

مسعود: نیت کا علم صرف خدا کو ہو سکتا ہے۔ مگر یہ بھی تو ممکن ہے کہ بغیر کسی خاص نیت کے محض نیک نیتی ہو مرحوم کی۔

نیّر: نیت کا علم بے شک خدا کو ہوتا ہے۔ مگر میں نے آج جو کچھ کہا ہے یہ احساس خود ابا جان ہی نے پیدا کر دیا تھا۔ وہ ہمیشہ تمہارا ذکر اسی انداز سے کرتے تھے کہ میرے ذہن میں یہ خیال یقین بنتا گیا کہ میرا اور تمہارا سنجوگ ایک طے شدہ بات ہے۔

مسعود: کاش تمہارے اس احساس کا مجھے پہلے سے علم ہوتا اور میں اس غلط فہمی کو اب سے بہت پہلے رفع کر سکتا۔

نیّر: تو گویا یہ غلط فہمی ہے۔

مسعود: یقیناً غلط فہمی ہے اس لئے کہ میں نے تم کو ہمیشہ اپنی بہن سمجھا ہے اور اس کے علاوہ میں اب بھی کچھ نہیں کہہ سکتا۔ ابا جان مرحوم کی شفقت کے معنی یہ نہیں کہ میں نے ان کے ناز و نعم میں اپنی حقیقت ہی بھلا دی ہے، میں ایک غریب باپ کا غریب بیٹا ہوں۔ خوش قسمت تھا کہ نواب ممتاز الدولہ ایسا بزرگ میرے لئے رحمت کا فرشتہ بنا اور مجھ کو تعلیمی مواقع حاصل ہو گئے مگر اس کے معنی یہ نہیں ہو سکتے کہ میں گویا خرید ا گیا تھا اور یہ سب کچھ اس لئے ہوا تھا کہ میں ان کا داماد بنوں گا۔ مجھ کو ابا جان مرحوم پر یہ خیال ہی تہمت معلوم ہوتا ہے۔

نیّر: میری جب کبھی کہیں سے نسبت آئی، ابا جان نے یہی کہا کہ لڑکا گھر میں موجود ہے۔

مسعود: کاش کبھی میرے سامنے کہا ہوتا اور میں ان کو یقین دلا سکتا کہ غریب رہنا جرم نہیں مگر غریب کا بک جانا جرم ہے۔

نیّر: اس میں غربت اور امارت کا کیا سوال ہے مسعود۔

مسعود: یقیناً سوال ہے اس لئے کہ یہی دو جیتی جاگتی حقیقتیں ہیں۔

نیّر: خاک حقیقتیں ہیں۔ مجھ سے دامن بچانے اور اپنی طلعت کے لئے اپنے کو آزاد کرنے کے سب بہانے ہیں۔ اگر تم کو میری پروا نہیں تو مجھ کو بھی تمہاری پروا کیوں ہو۔ یہ تو صرف ابا جان

کی خوشی تھی ورنہ میں ایسی گری پڑی بھی نہیں کہ خواہ مخواہ اپنے کو کسی کے سر منڈھتی رہوں۔

مسعود: مجھ کو غلط نہ سمجھو نیّر۔

نیّر: اب کیا غلط سمجھوں گی۔ مدتوں غلط سمجھتی رہی۔

مسعود: تمہارے لئے زیدی کے انتخاب میں میری پوری نیک نیتی شامل ہے۔

نیّر: جناب کا شکریہ۔ مجھ کو نہ جناب کی ضرورت ہے اور نہ اُس بے وقوف سوداگر بچے کی۔ میرا باپ میرے لئے اتنا چھوڑ گیا ہے کہ میں اپنے روپے سے زیدی سے زیادہ اچھے قسم کے جانور خرید کر سدھا سکتی ہوں۔

مسعود: تو گویا یہ تمہارا قطعی فیصلہ ہے کہ تم کو میری بھی ضرورت نہیں۔

نیّر: بحیثیت سرپرست کے مجھ کو تمہاری بھی ضرورت نہیں۔

مسعود: اچھا اگر کبھی ضرورت پیش آجائے تو محض اپنی ضد کی وجہ سے تکلف نہ کرنا میں تمہارے بزرگ والد کا احسان مند ہوں اور یہ احسان کبھی نہ بھولوں گا۔ خدا حافظ۔

مسعود نہایت اطمینان سے اٹھا اور باوجود ایسی اہم انقلابی گفتگو کے وہ صبر و سکون کے ساتھ اپنے کمرے کی طرف چلا گیا۔ نیّر نے اس کو جاتے ہوئے دیکھا اور جب وہ اپنے کمرے میں داخل ہو گیا تو نیّر نے دانت پیس کر کہا " احسان فراموش۔ ابن الوقت " اور جب وہ اپنے کمرے سے نکل کر باہر گیا۔ اس وقت نیّر ایک زخم خوردہ شیرنی کی طرح پہلے تو بھری ہوئی کھڑی رہی پھر چوٹ کھائی ہوئی ناگن کی طرح بَل کھا کر اپنی خواب گاہ تک گئی اور مسعود کی وہ تصویر جو اس کی ڈریسنگ ٹیبل پر ایک چاندی کے فریم میں رکھی ہوئی تھی اٹھا کر اس طرح پھینکی کہ چکنا چور شیشے کی اوٹ میں مسعود کا تبسم دیکھ کر وہ ضبط نہ کر سکی اور روتی ہوئی اپنی سہری پر گری اور اپنی سسکیوں میں ڈوب گئی معلوم نہیں یہ گریہ بھی اس کے اشتعال کا کوئی پرتو تھا یا وہ دراصل اس وقت عورت تھی، وہ عورت جس کی آخری

پناہ اس کے آنسو ہوتے ہیں۔ دیر تک وہ اپنے تکیوں میں سر دیئے ہوئے سسکیاں لیتی رہی آخر سوجی ہوئی آنکھوں کے ساتھ اٹھی۔ ٹوٹی ہوئی تصویر اٹھائی اور اس کو ایک دوسرے فریم میں لگا کر اُسی جگہ رکھ دیا جہاں وہ پہلے تھی۔ خدا ہی جانے اتنی ہی دیر میں اُس پر یہ متضاد کیفیتیں کیوں گزر گئیں۔ اور ان کا مفہوم کیا تھا۔ مگر آنکھوں میں آنسو اُس وقت بھی تھے جب تصویر پھینکی تھی اور آنکھوں میں آنسو اُس وقت بھی تھے جب تصویر اٹھائی ہے۔ سچ کہا ہے کسی نے اے عورت تیرے آنسوؤں کی شرح کسی اور سے تو کیا خود تجھ سے بھی ممکن نہیں۔

نیرّ کے وہ آنسو جو نہ جانے اس کے مشتعل دل کے لاوے کی حیثیت رکھتے تھے یا ایک عزت کی شکست کا اعتراف تھے ابھی جاری ہی تھے کہ باہر سے ان بے ہودہ اور مہمل قہقہوں کی آواز آئی جس سے وہ ایک مرتبہ سہم کر کھڑی ہوگئی اور اپنے کو اس تازہ مصیبت کے لئے تیار کرتے ہوئے اس نے جلدی جلدی آنسو پونچھے اور آئینہ کے سامنے جاکر اپنے اُلجھے ہوئے بالوں کو تو برش سے جلدی جلدی ٹھیک کر لیا مگر ان سوجی ہوئی آنکھوں کا اس کے پاس کوئی علاج نہ تھا۔ وہ نہیں چاہتی تھی کہ زیدی ایسے نا جنس کے سامنے وہ اپنا اور مسعود کا دکھڑا لے کر بیٹھے بلکہ وہ تو یہی چاہتی تھی کہ کسی طرح بغیر کچھ سمجھے بوجھے زیدی اگر دفعان ہو جائے تو بہت اچھا ہے۔ وہ یوں ہی زیدی کو بہ مشکل برداشت کرتی تھی اور اگر مسعود کا خیال نہ ہوتا تو وہ ان حضرت کو کبھی مونہہ نہ لگاتی۔ مختصر یہ کہ وہ ان کو مسعود کا دوست سمجھ کر انگیز کر رہی تھی اور باوجود سمجھنے کی کوشش کے کبھی نہ سمجھ سکی کہ مسعود اور زیدی دو متضاد شخصیتوں میں دوستی کا سوال آخر کس حادثے کے ماتحت پیدا ہوا ہوگا اور فرض کیجئے کہ بہت سی عجیب و غریب باتوں کی طرح یہ عجیب بات بھی ظہور میں آگئی ہے تو آخر یہ مہمل دوستی نباہی کیوں جارہی ہے۔ مگر اب تو نیرّ کو معلوم ہو چکا تھا کہ زیدی کس تقریب میں یہاں تشریف لاتے ہوتے ہیں اور یہ

معلوم ہو جانے کے بعد ان کا ہر تصور اور ان سے متعلق ہر خیال نیرّ کے احساس پر ایک نہایت ناگوار بوجھ کی حیثیت رکھتا تھا۔ مگر سوال یہ تھا کہ وہ آخر اس مصیبت سے کیوں کر چھٹکارا حاصل کرے اور کن الفاظ میں اس سے کہے کہ جو خواب وہ دیکھ رہا ہے وہ شرمندۂ تعبیر نہ ہو سکے گا۔ زیدی کو وہ اب تک تو صرف ناجنس ہی سمجھتی تھی مگر آج تو اس کو زیدی اپنی ایک ایسی بیماری محسوس ہو رہا تھا جس سے نجات پانے کے لئے مریض دُعا کے طور پر بد دعا بھی کر سکتا ہے اور صحت کے بجائے موت مانگ سکتا ہے۔

نیرّ ابھی اسی اُدھیڑ بن میں تھی کہ زیدی اپنی عادت کے مطابق بغیر اجازت لئے اس کے کمرہ میں داخل ہو گیا۔ زیدی نے ایک احمقانہ قہقہہ لگا کر کہا "یعنی آپ یہاں ہیں اور میں نے سارا گھر چھان مارا کہ کہیں تو آپ ملیں۔ میرا ٹیلی فون تو نہیں آیا۔"

نیرّ نے بے رخی سے کہا "جی نہیں کوئی نہیں"

زیدی: نہیں؟ یہ کیسے ہو سکتا ہے۔

نیرّ: تو گویا میں جھوٹ بول رہی ہوں۔ ہو ایسے سکتا ہے کہ یہی ہوا۔

زیدی: نہ۔ نہ۔ یہ مطلب نہیں ہے میرا۔ میرا مطلب تو یہ ہے کہ ضرور آنا چاہئے تھا۔ بڑا اہم کاروباری معاملہ ہے جس کے لئے میں نے ٹرنک کال کیا تھا۔ بات یہ ہے کہ کراچی کے بازار کا بھاؤ جب تک نہ معلوم ہو . . . .

نیرّ: (بات کاٹ کر) زیدی صاحب مجھ کو آپ کے کاروباری معاملات سے کوئی دلچسپی نہیں۔

زیدی: وہ تو درست ہے مگر بات یہ ہے کہ جب تک کراچی کے بازار کا بھاؤ نہ معلوم ہو میں لاہور میں کسی گاہک سے کوئی بات نہیں کر سکتا۔

نیرّ: تو نہ کیجئے۔ مجھے آپ خواہ مخواہ سمجھا رہے ہیں یہ لغو باتیں۔

زیدی: جی میں سمجھا نہیں رہا ہوں مگر قصہ دراصل یہ ہے کہ صاحب مجھے تو حیرت ہو گئی یہاں کے

کپڑے کے بازار کا رنگ دیکھ کر۔اب مثلاً آپ جس کپڑے کی ساری باندھے ہوئے ہیں اس کی گانٹھ کی قیمت کا اندازہ آپ کے نزدیک کیا ہو سکتا ہے۔

نیّر: نہ مجھے کوئی اندازہ ہے نہ میں اندازہ کرنا چاہتی ہوں۔

زیدی: وجہ یہ ہے کہ آپ تصور بھی نہیں کر سکتیں کہ یہاں کی اور کراچی کی قیمتوں میں کتنا فرق ہے مگر صاحب تعجب ہے کہ ٹیلی فون نہیں آیا۔اگر آج ٹھیک وقت پر بھاؤ معلوم ہو جاتا تو کم سے کم ایک لاکھ چوبیس ہزار کا سودا تو میں چٹکی بجاتے کر لیتا اور اس کے بعد۔

نیّر: زیدی صاحب میں آپ سے عرض کر چکی ہوں کہ مجھے آپ کی ان بیوپار والی باتوں سے کوئی دل چسپی نہیں آپ خواہ مخواہ میرے دماغ پر ہتھوڑے چلا رہے ہیں۔

زیدی: (قہقہہ لگا کر) خوب صاحب خوب۔یہ بزنس کی باتیں ہوتی ہی ایسی ہیں۔مسعود بھی ان باتوں سے بہت اُلجھتے ہیں۔اور یہ حضرت ہیں کہاں غائب ؟

نیّر: وہ تشریف لے گئے۔

زیدی: ان کی تشریف کا بھی عجیب عالم ہے۔قرار تو ہے ہی نہیں بندۂ خدا کو۔اور صاحب میں تو حیران یہ ہوں کہ اتنا سمجھ دار آدمی ہو کر معلوم نہیں بزنس سے کیوں گھبراتا ہے۔میں نے کہا کہ بھیّا امپورٹ اکسپورٹ۔

نیّر: جہنم میں گیا آپ کا امپورٹ اکسپورٹ میں کچھ سننا نہیں چاہتی کہ آپ نے ان سے کیا کہا اور انہوں نے آپ سے کیا سنا۔

زیدی: وہ تو درست ہے مگر میرے ناقص خیال میں تو ملازمت سے زیادہ وہ بزنس میں مزے کریں گے۔اب مجھ کو دیکھ لیجئے کہ کراچی کے ایک فٹ پاتھ پر کٹ پیس کی دوکان کھولی تھی میں نے۔اُسی میں اللہ تعالیٰ نے ایسی برکت دی کہ۔

نیّر : اللہ میں آپ کو کیسے سمجھاؤں کہ مجھے کس قدر تلی ہورہی ہے آپ کی ان باتوں سے۔

زیدی : اس کی وجہ تو یہ ہے نا کہ آپ نے کاروباری دماغ نہیں پایا۔

نیّر : میں نے جیسا کچھ بھی دماغ پایا ہے اس کو نوش فرمانے کا آپ کو کوئی حق نہیں اور اگر آپ یہ چاہتے ہیں کہ میں آپ سے بات ہی نہ کروں تو میں اس کے لئے بھی تیار ہوں۔

نیّر تو بے زاری کے ساتھ چلی گئی مگر زیدی کی سمجھ میں واقعی کچھ نہ آیا کہ وہ اس قدر بے زار کیوں ہے بلکہ اس کی بے زاری کو خاطر میں لانے کے بجائے وہ اسی فکر میں مبتلا رہا کہ آخر کراچی سے ٹیلی فون کیوں نہیں آیا اور اگر ٹیلی فون نہ آیا تو اس کے کاروبار پر کیا اثر پڑے گا۔ نیّر اُس وقت جس کیفیت میں مبتلا تھی اس کا اندازہ کر لینا کوئی مشکل بات نہ تھی مگر زیدی ان لطیف احساسات کا نہ عادی تھا نہ اس قسم کے لوگ احساس اور جذبات قسم کے طوطے پالتے ہیں۔ اب یہاں یہ سوال پیدا ہوتا ہے کہ ایک ایسے سپاٹ قسم کے بیوپاری کو نیّر کے لئے منتخب کرنے میں مسعود کی آخر مصلحت کیا تھی۔ یہ تو ناممکن ہے کہ مسعود کو نیّر کی افتادِ طبیعت کا علم ہی نہ ہو اور یہ بھی درست نہیں کہ زیدی سے مسعود واقف نہ ہو۔ اس اجتماعِ ضدّین کے متعلق بہت کچھ غور کرنے کے بعد صرف ایک نتیجہ نکلتا ہے کہ مسعود نے جان بوجھ کر نیّر کے لئے زیدی کا انتخاب صرف اس لئے کیا تھا کہ نیّر کی سی ضدی اور بر خود غلط خاتون کا نباہ اگر کسی کے ساتھ ہو سکتا ہے تو صرف زیدی کی قسم کے عقل سے خارج اور دولت سے بھرپور نوجوان کے ساتھ ہو سکتا ہے جو نیّر کی ہر جائز و ناجائز خواہش کے سامنے سر جھکا سکتا ہے اور جس کو یہ جستجو کبھی نہیں ہو سکتی کہ آخر ان خاتونِ محترم کا کس بات سے مطلب کیا ہے۔

مسعود جانتا تھا کہ دولت مند باپ کی اس اکلوتی بیٹی کے مزاج میں کس حد تک تلوّن ہے۔ کسی مسئلے کے متعلق اس کی رائے ابھی کچھ ہے اور ابھی کچھ، پھر یہ کہ وہ حکومت کے خنّاس میں اس بُری طرح مبتلا تھی کہ شادی کے بعد ہر قسم کے شوہر سے تصادم یقینی تھا سوائے اس شوہر کے جو

مرعوب ہوکر اپنے تمام اختیارات اُسی کو سونپ کر خود رعایا بن کر رہ جائے۔ اور سب سے بڑی بات یہ کہ نیّر کے دل میں کسی ایسے شخص کے لئے عزّت کا پیدا ہونا مشکل ہی نہیں بلکہ ناممکن تھا جو مالی اعتبار سے اس کے مقابلے کا نہ ہو۔ یہ تھے وہ اعتبار اور وہ معیار جن پر زیدی پورا اُترتا تھا۔ عقل کی کمی دولت کی زیادتی۔ ہمت مفقود۔ زن مریدی کی صلاحیت موجود۔ اپنی شخصیت سے بے خبر اور ہر اعتبار سے بے اثر۔ اب اسی وقت دیکھ لیجئے کہ نیّر نے ہر ممکن کوشش کرلی کہ وہ اس تحقیر کا اندازہ کریں جوان کے لئے اس کے ہر انداز میں تھی مگر وہ عقل کے ایسے یتیم کہ اپنی ہی دھن میں مگن رہے یہاں تک کہ جب نیّر بے زار ہوکر چلی گئی تو تھوڑی دیر کے بعد آپ پھر بن سنور کر اس کو ڈھونڈتے ہوئے کوٹھی کے باغ میں جا پہنچے جہاں وہ ان حضرت سے پناہ لینے کے لئے گئی تھی اور جاتے ہی پھر وہی بے معنی قہقہے

زیدی: (قہقہہ بلند کرکے) خوب صاحب خوب۔ تو گویا آپ گل گشتِ چمن میں مصروف ہیں۔ کیا رائے ہے آپ کی اس سوٹ کے متعلق۔ صاحب لطیفہ یہ ہوا کہ سوٹ تو میں نے بڑے چاؤ سے سِلوا لیا مگر اب اس کے سَاتھ کی ٹائی کہاں سے آئے۔ بہت ڈھونڈی۔ کراچی، لاہور، راولپنڈی آخر کترن بھیجنا پڑی ولایت اور یہ ٹائی منگائی۔ کیا خیال ہے آپ کا اس ٹائی کے متعلق؟

نیّر: زیدی صَاحب میں آپ سے صرف یہ پوچھنا چاہتی ہوں کہ آپ اس قسم کی باتیں تو خیر عموماً کرتے ہی ہیں مگر کبھی کوئی معقول بات بھی کرتے ہیں۔

زیدی: (قہقہہ لگاکر) خوب صاحب خوب۔ بڑی اچھی بات کہی آپ نے۔ مگر جناب آپ کو معلوم ہونا چاہئے کہ اس سوٹ پر تقریباً۔

نیّر: (غصّے سے) جہنّم میں گیا آپ کا سوٹ۔ مجھے نہ آپ کے سوٹ سے کوئی دلچسپی ہے نہ آپ کی ٹائی سے۔

زیدی: یہ تو درست ہے۔ واقعی کسی کا لباس کیا دیکھنا۔ دیکھنا تو یہ چاہئے کہ اس لباس میں جو

انسان ہے وہ کیسا ہے۔

نیّر: جی ہاں میں اس انسان کو بھی دیکھ چکی ہوں اور وہ انسان بھی میری سمجھ میں نہ آیا ہے نہ میں سمجھنا چاہتی ہوں۔

زیدی: یہ آپ نے بڑی عمدہ بات کہی۔ بخدا میں اس لئے نہیں کہہ رہا ہوں کہ آپ موجود ہیں یہ بات میں اکثر دوستوں سے بھی کہہ چکا ہوں کہ باوجود آزاد اور خود مختار ہونے کے آپ کو میں نے بہت محتاط پایا ہے۔

نیّر: کیا مطلب ہے آپ کا محتاط سے ؟

زیدی: میرا مطلب یہ کہ میں نے آپ کو کبھی کسی کی طرف متوجہ نہیں پایا۔ خواہ کوئی کیسا ہی دولت مند ہو۔ کتنا ہی خوبصورت اور خوش وضع ہو۔

نیّر: یہ کس قسم کی سڑی ہوئی باتیں آپ کر رہے ہیں۔ آپ کو اپنے متعلق آخر غلط فہمی کیا ہے۔

زیدی: غلط فہمی تو خیر کیا ہوتی۔ میں تو یہ عرض کر رہا تھا کہ باپ کا سایہ سر پر نہیں ہے۔ دولت ہے فراغت ہے۔ سب کچھ ہے مگر کیا مجال کہ نگاہ ذرا بھی بہکے اور قدم میں کوئی لغزش پیدا ہو دراصل میں یہ اندازہ کرنا چاہتا تھا اور آج پہلی مرتبہ عرض کر رہا ہوں کہ اب میں بالکل مطمئن ہوں۔

نیّر: کیا میں پوچھ سکتی ہوں کہ جناب کے اطمینان سے مجھے کیا فائدہ پہنچ سکتا ہے۔

زیدی: فائدہ تو خیر کیا ہوتا مگر مجھے یہ اطمینان واقعی ہو گیا ہے کہ میں کوئی اندھا جوا نہیں کھیل رہا ہوں۔

نیّر: زیدی صاحب۔ اِدھر دیکھئے۔ آپ کو جس خوش فہمی میں مسعود صاحب نے مبتلا کر رکھا ہے

وہ غلط ہے۔ مجھے آج پہلی مرتبہ یہ بات معلوم ہوئی ہے کہ آپ کیا خواب دیکھ رہے ہیں۔ مگر کان کھول کر سُن لیجئے میری اور آپ کی افتادِ طبیعت میں زمین اور آسمان کا فرق ہے۔

زیدی: کوشش کروں گا کہ یہ فرق باقی نہ رہے۔

نیر: آپ بے کار یہ زحمت فرمائیں گے آپ میرے معیار پر کبھی پورے نہ اُتریں گے۔

زیدی: خیر یہ تو آپ قبل از وقت فرما رہی ہیں۔ مجھ میں یہی تو ایک خوبی ہے کہ میں اپنے کو ہر ماحول کے مطابق بنا سکتا ہوں۔ کراچی کا ایک قصہ سناؤں آپ کو۔

نیر: زیدی صاحب کوئی صورت ایسی نہیں ہو سکتی کہ آپ مجھے بخش دیں۔

زیدی: جی نہیں وہ جو آپ نے فرمایا ہے کہ میں معیار پر پورا نہیں اُتر سکتا۔ کراچی میں بھی ایک مرتبہ یہی ہوا کہ ——

نیر: سنئے زیدی صاحب نہ میرا دماغ اس قابل ہے کہ آپ سے کھپاؤں نہ مجھے آپ کے کسی کراچی کے قصے سے کوئی دلچسپی ہے۔ سمجھ میں نہیں آتا کہ آپ کے ایسے آدمی سے کوئی کس قسم کی بات کرے۔ میں آپ سے صاف صاف کہہ چکی ہوں کہ جو خیال آپ کے ذہن میں ہے اس کا کوئی سوال پیدا نہیں ہوتا۔

زیدی: فی الحال نہ سہی مگر ممکن ہے پیدا ہو جائے۔

نیر: جی نہیں۔ قیامت تک یہ سوال پیدا نہیں ہو سکتا۔ اب آپ صاف صاف سننا چاہتے ہیں تو سنئے کہ میں آپ کے ایسے آدمی کو دوست کی حیثیت سے بھی برداشت نہیں کر سکتی آپ مسعود کے دوست کی حیثیت سے یہاں تھے مگر اب جب کہ مسعود بھی یہاں سے جا چکے ہیں۔

زیدی: یہاں سے جا چکے ہیں ؟ کیا مطلب۔

نیّر: مطلب وہی ہے جو اس سادہ جملے کا ہونا چاہیئے کہ مسعود یہاں سے جا چکے ہیں۔

زیدی: وہ تو میں سمجھ گیا مگر کیوں ؟

نیّر: یہ کوئی ضروری بات نہیں کہ میں آپ کے ہر سوال کا جواب دوں۔ مجھے صرف یہ عرض کرنا تھا کہ آپ کے دوست یہاں سے جا چکے ہیں۔ مجھے آپ کی دوستی کا شرف نہ حاصل ہے نہ میں حاصل کرنا چاہتی ہوں۔ پھر آپ کا یہاں قیام فرمانا غالباً خود آپ کے نزدیک بھی مناسب نہ ہو گا۔

زیدی: جی نہیں میں تو کوئی مضائقہ نہیں سمجھتا۔

نیّر: آپ مجھے دیوانہ کر دیں گے۔ آپ کیوں مجھے بداخلاقی اور بدتمیزی پر مجبور کر رہے ہیں۔ آخر میں آپ سے کن الفاظ میں کہوں کہ میں نہیں چاہتی کہ آپ ان حالات میں یہاں رہیں۔

زیدی: یہ تو درست ہے مگر اس طرح تو میرے کاروبار پر بہت بُرا اثر پڑے گا۔ میں نے اپنے تمام بیوپاریوں اور تمام گاہکوں کو آپ ہی کا ٹیلی فون نمبر بتایا ہے۔ ڈاک خانہ کو یہی ہدایت ہے کہ میری تمام کاروباری ڈاک اسی پتے پر آئے۔

نیّر: تو کیا آپ کا مطلب یہ ہے کہ میں کسی ہوٹل میں اُٹھ جاؤں۔ کوئی مکان کرایہ پر لے لوں آخر کہاں دفعان ہو جاؤں۔

زیدی: یہ تو خیر میں کہہ ہی نہیں سکتا۔ مگر یہ درخواست کروں گا کہ فی الحال ایک طرف پڑا رہنے دیجئے جب تک میں کوئی اور انتظام نہ کر لوں۔

نیّر: جب تک آپ انتظام نہ کر سکیں آپ شوق سے رہ سکتے ہیں۔

زیدی : جی ہاں ممکن ہے اس عرصہ میں آپ کی رائے بدل سکوں۔

نیّر: پھر آپ نے وہی مہمل بات کہی۔ زیدی صاحب، رائے وہ بدل سکتی ہے جو پہلے قائم کی گئی ہو میں تو آپ کے متعلق کوئی رائے قائم کرنا ہی نہیں چاہتی اور نہ آپ کو یہ حق دیتی ہوں کہ آپ آئندہ اس قسم کی کوئی بات مجھ سے کبھی کریں۔

اس قسم کے چکنے گھڑے عام نہ سہی مگر ان سے دنیا خالی نہیں۔ نیّر لاکھ خشک اور مونہہ پھٹ قسم کی لڑکی سہی مگر اس کو زیدی نے کچھ ضرورت سے زیادہ صاف گوئی اور بداخلاقی پر مجبور کیا۔ اس کے باوجود وہ زیدی کے پاس سے اس قدر بور ہو کر واپس آئی کہ دردِ سر کی ایک مُشت کئی گولیاں کھا کر گرم چائے کی تلے اوپر کئی پیالیاں اسے پینا پڑیں مگر زیدی نے یہ احسان ضرور کیا کہ وہ جو مسعود کے جانے کا ایک شدید اثر اُس پر تھا وہ بھی تھوڑی دیر کے لئے غیر محسوس طور پر پسِ منظر میں تحلیل ہو کر رہ گیا۔ اسے زیدی کے ناجنس ہونے کا علم تھا وہ زیدی کو ایک بد مذاق بیوپاری بھی جانتی تھی، اس کو یہ بھی معلوم تھا کہ زیدی ایک اعلیٰ درجے کا بد مذاق اور بھونڈا آدمی ہے مگر یہ نہیں معلوم تھا کہ یہ حضرت اس پائے کے بے حِسے بھی ہیں اور اب تو اسے زیدی کے تصور سے ڈر لگنے لگا تھا۔ مگر زیدی اسس کو صرف ایک وقتی بات سمجھ کر زیادہ سے زیادہ اس نتیجے پر پہنچے کہ غالباً مسعود سے کچھ کھٹ پٹ ہو گئی ہے اور چوں کہ ان صاحب زادی کا دھوبی سے بس نہیں چلا ہے لہٰذا گدھے کے کان اینٹھے گئے ہیں۔ کچھ دیر تو وہ گم سم سے بیٹھے رہے مگر آخر اخلاقی قدریں دل و دماغ میں انگڑائیاں لینے لگیں کہ ایسی بھی کیا بے مروّتی، یہی وقت تو ہے کہ اس بے چاری کی دل دہی کی جائے اور اس کے ٹوٹے ہوئے دل کی تسکین کے امکان پیدا کئے جائیں۔ کئی مرتبہ ارادہ کیا مگر ہمت نہ ہوئی ہر مرتبہ نیّر کے بگڑے ہوئے تیور سامنے آ گئے۔ لیکن جب وہ اس نتیجے پر پہنچ گئے کہ اس بے زاری کی وجہ دراصل وہ خود نہیں بلکہ مسعود معلوم ہوتے ہیں تو دل پھر طوافِ کوئے ملامت کے لئے چلا اور آپ نے نیّر کے کمرے

میں داخل ہو کر یہ انداز اختیار کیا گویا کچھ ہوا ہی نہیں ہے۔

زیدی: ارے بھئی نیّر صاحبہ۔ میں نے کہا ———

نیّر: اُف میرے خدا۔ آپ پھر آ گئے۔

زیدی: وہ تو آنا ہی پڑا مجبوراً۔ بات یہ ہے کہ جس احمق کی حماقت کا آپ اتنا اثر لئے ہوئے ہیں میں اس کو اچھی طرح جانتا ہوں۔

نیّر: آپ کی اس معلومات کا شکریہ۔ مگر میں صرف یہ عرض کر دوں کہ میرے سر میں شدید درد ہے۔

زیدی: سر میں درد ہے؟ بس اتنی سی بات۔ ذرا زبان دکھایئے۔

نیّر: میں علاج نہیں ہمدردی چاہتی ہوں۔ اور وہ بھی صرف اس قدر کہ آپ مجھے تنہا چھوڑ دیں۔

زیدی: یعنی آپ اتنی سمجھ دار اور عقل مند ہو کر ایسی باتیں کر رہی ہیں۔ مسعود کو میں سر کے بل لاؤں گا وہ ناک رگڑے گا آپ کے سامنے ناک سے لکیریں کھینچے گا۔

نیّر: زیدی صاحب مجھے ان میں سے کسی بات کی ضرورت نہیں۔ صرف سکون اور آرام کی ضرورت ہے۔

زیدی: میں یہی کوشش کر رہا ہوں کہ آپ کو سکون حاصل ہو سکے مگر کم سے کم یہ تو بتائے کہ اُس عقل کے دشمن نے آخر کیا کیا اور وہ بندۂ خدا گیا کہاں۔

نیّر: زیدی صاحب للہ مجھ پر رحم کیجئے۔ مجھے آپ کی کسی ہمدردی کی ضرورت نہیں۔

زیدی: آپ کو ضرورت نہ سہی مگر میرا بھی تو آخر کوئی فرض ہے۔

نیّر: آپ کیوں مجھے مجبور کر رہے ہیں کہ میں تنگ آ کر آپ سے یہ کہہ دوں کہ میں آپ سے بات کرنا نہیں چاہتی۔

زیدی: مجھے معلوم ہے کہ غصے میں آدمی سب کچھ کہہ سکتا ہے اور میں غصے کی بات پر بُرا نہیں مان سکتا۔

نیّر: خدا کے لئے آپ مجھے کوئی ایسی بات بتا دیجئے جس سے آپ بُرا مان سکتے ہوں۔ میں آپ کو ناراض کرنا چاہتی ہوں۔ میں چاہتی ہوں کہ آپ مجھ سے اس قدر ناراض ہو جائیں کہ مجھ کو میرے حال پر چھوڑ دیں۔ میں چاہتی ہوں کہ آپ مجھ سے اس قدر خفا ہو جائیں کہ مجھے کبھی معاف نہ کریں، مجھ سے بے زار ہو جائیں۔ کسی طرح تو میری جان بچے۔ خدا کے لئے ناراض ہو جائیے میں ہاتھ جوڑتی ہوں خفا ہو جائیے۔

زیدی: آپ مجھ کو غلط سمجھی ہیں نیّر صاحبہ۔ بخدا میں آپ کی کسی بات سے ناراض نہیں ہو سکتا۔

نیّر: کاش آپ یہ احسان کر سکتے۔ سمجھ میں نہیں آتا کہ آپ چکنے گھڑے کی کون سی قسم ہیں۔

زیدی: بھئی خوب بات کہی۔ اچھا اب مجھ کو صرف یہ بتا دیجئے کہ مسعود آخر گیا کہاں ہے۔

نیّر: مجھے صرف یہ معلوم ہے کہ وہ یہاں سے ہمیشہ کے لئے چلے گئے اس کے علاوہ کچھ نہیں معلوم۔

زیدی: ہمیشہ کے لئے تو خیر کیا —— مگر عجیب بے ہودہ آدمی ہے۔ کم سے کم میرا تو انتظار کر لیا ہوتا۔

نیّر: اچھا زیدی صاحب اب مجھ کو کم سے کم تھوڑی دیر خاموش پڑا رہنے دیجئے۔ میں آپ سے التجا کرتی ہوں کہ مجھے تنہا چھوڑ دیجئے۔

زیدی: بہت بہتر، آپ آرام فرمائیے میں جب تک پتہ چلاتا ہوں کہ یہ جانور آخر گیا کہاں۔

نیّر تو نیّر ان حالات میں کوئی بھی ہوتا تو زیدی سے عاجز آجاتا۔ مان نہ مان میں تیرا مہمان تو خیر وہ ثابت ہی ہو چکے تھے مگر اب تو بلائے جان بھی بنے جا رہے تھے۔ نیّر نے پہلے گھما پھرا کر۔ پھر محتاط الفاظ کے ساتھ اور آخر صاف صاف ان سے کہہ دیا کہ ان کے متعلق اس کی رائے کیا ہے مگر جب وہ کچھ سمجھنے ہی کو تیار نہ تھے اور کسی بات پر بُرا مانتے ہی نہ تھے تو سوال یہ ہے کہ اب آخر

نیر کیا کرتی۔ وہ ہر تحقیر کو پی جانے کا ایسا سلسلہ قائم کئے ہوئے تھے کہ آخر نیر کے ترکش کے تمام تیر ختم ہو گئے اور اب وہ خود شکست خوردہ اور مظلوم نظر آنے لگی۔ اس مرتبہ اس نے زیدی کے جاتے ہی بیرا کو بلا کر اپنا غصہ اس پر اُتارنا شروع کر دیا۔

نیر : میں پوچھتی ہوں تم لوگ آخر کس مرض کی دوا ہو۔ میرے کمرے میں بغیر اجازت کے کسی کو آنے کی جرأت ہی کیسے ہوئی۔

بیرا : سرکار میں ایک نئی بات کیسے کر سکتا تھا۔ اب تک سب بغیر اجازت ہی کے آتے جاتے رہے ہیں۔

نیر : کان کھول کر سُن لو کہ آئندہ اگر کسی نے بغیر اجازت کے میرے کمرے میں قدم رکھا تو تمہاری خیر نہیں۔ میں نہیں چاہتی کہ ان زیدی قسم کے لوگوں کی بدتمیزیاں بڑھتی ہی رہیں۔

بیرا : اب معلوم ہو گیا سرکار۔ کیا مجال جو زیدی صاحب ادھر کا رُخ بھی کریں۔

نیر : پاگل آدمی۔ میں سر کے درد میں تڑپ رہی ہوں اور وہ دماغ چاٹ رہا ہے۔ اُن سے صاف صاف کہہ دو کہ وہ ایک مہمان سے زیادہ اِس گھر میں اور کچھ نہیں ہیں۔

بیرا : جو حکم ہو ——

نیر : اور سُنو۔ آئندہ سے وہ ہمارے ساتھ چائے یا ناشتہ یا کھانا کچھ نہیں کھائیں گے۔ ان کے کمرے میں سب کچھ پہنچا دیا کرو۔

بیرا : ایسا ہی ہو گا سرکار۔

ایمان داری کی بات یہ ہے کہ نیر لاکھ چڑچڑی اور بد دماغ سہی مگر وہ اپنے اخلاق کو اس حد تک پست کرنا بھی نہیں چاہتی تھی لیکن زیدی کی بے حسی نے اُس کو اپنے دل پر جبر کر کے یہ احکام بھی دینے پر مجبور کر دیا اور تو اور بیرا بھی حیران تھا کہ خلافِ عادت سرکار کے مزاج میں سختی کے ساتھ ساتھ یہ کرختگی کہاں سے آ گئی۔ مگر وہ باوجود کچھ نہ سمجھنے کے تعمیل حکم کے لئے اپنے کو آمادہ کر چکا تھا اور زیدی کی ابھی سے تاک میں تھا۔

مسعود آنے کو تو اپنے محسن نواب ممتاز الدولہ کے ایوان سے چلا آیا تھا مگر اس کو ہر وقت نیّر کی فکر تھی کہ دولت مند باپ کی یہ خود سر اور خود مختار لڑکی کہیں اپنے کو کوئی ایسا نقصان نہ پہنچا بیٹھے جس کی تلافی ممکن نہ ہو۔ وہ بے شمار خطرات میں گھری ہوئی تھی اور سب سے بڑا خطرہ خود اس کی دولت تھی۔ اتنی دولت اوپر سے مزاجی کیفیت کا یہ عالم، نہ جانے یہ خود پرست لڑکی کیا کر بیٹھے۔ زیدی سے اس کو معلوم ہو چکا تھا کہ اس کے ساتھ ان صاحب زادی نے کیا سلوک کیا، اور ظاہر ہے کہ ایسا ہی ناروا سلوک کیا ہوگا کہ زیدی جیسا بے حس انسان بھی نیّر کے یہاں رہنا گوارا نہ کر سکا اور چند ہی دن میں اپنا بوریا بدھنا لے کر کچھ دن ایک ہوٹل میں پڑا رہا اور جب تمام امیدیں منقطع ہو گئیں تو کراچی سدھار گیا۔ اب مسعود کے لئے سوائے اس کے کوئی چارہ نہ تھا کہ نیّر کے بیرے کو جاسوس بنائے۔ جاسوسی سے اس کا مقصد سوائے اس کے اور کچھ نہ تھا کہ وہ نیّر کے حالات سے باخبر رہنا چاہتا تھا اور باوجود غیر متعلق ہو جانے کے اب تک اس بات کو اپنا فرض سمجھ رہا تھا کہ اگر نیّر کوئی غلط قدم اٹھائے تو اس کو جہاں تک ممکن ہو سکے روکے۔ مسعود کو اگر کوئی اندیشہ تھا تو یہ کہ نیّر کی دولت خود نیّر کے لئے کوئی خطرہ نہ خرید لے۔ اس کے ذہن میں نیّر کے یہ الفاظ برابر گونجا کرتے تھے کہ میرا باپ میرے لئے اتنا چھوڑ گیا ہے کہ میں اپنے روپے سے زیدی سے زیادہ اچھے قسم کے جانور خرید کر سدھا سکتی

ہوں۔ وہ جانتا تھا کہ یہ صرف الفاظ نہیں ہیں بلکہ نیّر کی ضدی طبیعت ان الفاظ کو واقعہ بنانے کے لئے یقیناً بے قرار ہوگی۔ وہ نیّر کی سخن پروری سے واقف تھا اور اُسے معلوم تھا کہ نیّر اپنی مہمل سے مہمل بات پر اڑ جاتی ہے تو نتائج کا اندازہ کئے بغیر من مانی کر کے رہتی ہے یہی وجہ تھی کہ آج مسعود نے نیّر کے بیرے کو بلا بھیجا تھا تاکہ اس کو وہاں کے حالات تو معلوم ہوں۔ وہ بیرے کے انتظار میں یہ بھی بھول چکا تھا کہ یہ چائے کا وقت ہے اور طلعت چائے پر اس کا انتظار کر رہی ہوگی۔ وہ بدستور برآمدے میں ٹہلتا رہا یہاں تک کہ خود طلعت کو آکر اس کو اس محویت سے چونکانا پڑا۔

طلعت : تیسری مرتبہ چائے دم کر کے میز پر لائی گئی ہے۔

مسعود : اوہ، بھئی معاف کرنا۔ مجھے خیال ہی نہ رہا کہ چائے پینا ہے۔ بس یہی سوچ رہا تھا کہ کوئی بات ہے ضرور جو میں بھول رہا ہوں۔ اب معلوم ہوا کہ وہ چائے تھی۔

طلعت : یا تو آپ مجھ کو ضرورت سے زیادہ بے وقوف سمجھتے ہیں یا اِس خوش فہمی میں مبتلا ہیں کہ خود ضرورت سے زیادہ عقل مند ہیں۔

مسعود : واقعات تو دونوں غالباً ٹھیک ہی ہیں، نہ جناب کی حماقت میں کوئی شک ہے نہ میری فراست میں کوئی شبہ۔ مگر یہ بات کیا ہوئی۔ یہ سوال اس وقت کیسے پیدا ہوا۔

طلعت : کھلی ہوئی بات ہے کہ آپ کو دن رات نیّر کی فکر ہے۔ آپ کی جگہ میں ہوتی تو ان حالات میں مجھے بھی فکر ہوتی کہ نہ جانے یہ اونٹ کس کل بیٹھے گا۔

مسعود : طلعت تم جانتی ہو کہ میرے دل میں نواب صاحب مرحوم کا کتنا احترام ہے۔ میں مرتے دم تک ان کا احسان نہیں بھول سکتا۔ اور میرا ضمیر مجھ سے بار بار یہی کہہ رہا ہے کہ نیّر نے اپنے کو کسی آزمائش میں مبتلا کر لیا تو حشر کے دن نواب صاحب میرا گریبان پکڑیں گے۔

طلعت : واقعہ بھی یہی ہے مگر میری سمجھ میں تو آتا نہیں کہ آپ نیّر کو کیوں کر ان آزمائشوں اور ان خطروں

سے بچا سکیں گے جن کا آپ کو اندیشہ ہے۔ جب اس نے طے ہی کر لیا ہے کہ وہ آپ کے ہر مشورے کی خلاف ورزی کرے گی تو آپ کیا کر سکتے ہیں۔

مسعود : یہ تمہیں کیسے معلوم ہوا کہ وہ یہ طے کر چکی ہے۔

طلعت : زیدی صاحب سب کچھ تو بتا چکے ہیں کہ وہ آپ کا نام سن کر کس قدر چراغ پا ہو جاتی ہے اور صاف صاف کہہ چکی ہے کہ مجھے وہ جنت بھی نہیں چاہیئے جس کی طرف مسعودؔ نے اشارہ کیا ہو۔

مسعود : یہ اشتعال تو ممکن ہے زیدی کی حماقت مآبی کا نتیجہ ہو۔

طلعت : مجھے تو زیدی بے چارے پر ترس آتا ہے، بہت دن اس امید میں ہوٹل ہی میں رہ کر کاٹ دیئے کہ شاید اب نیرؔ بلا بھیجیں۔ شاید اب آئے بلاوا۔

مسعود : کاش نیرؔ نے زیدی کی قدر کی ہوتی۔ نیرؔ اگر کسی کے ساتھ خوشگوار زندگی بسر کر سکتی تھی تو وہ صرف زیدی تھا جو سب کچھ ہونے کے باوجود کچھ نہ تھا جس کی اپنی کوئی رائے نہ تھی جو اپنی شخصیت کو بھلا سکتا تھا اور جو نیرؔ کے تلون کے ساتھ اپنے کو ہر وقت بدل سکتا تھا۔ ایسا بے وقوف اب اور کون ملے گا۔

طلعت : اچھا اب چائے کی میز پر چلیئے تاکہ میں چوتھی مرتبہ چائے دم کر کے لاؤں۔ وہیں بیٹھ کر باتیں ہوں گی۔

مسعود : دراصل میں نے اس وقت نیرؔ کے بیرے کو بلا بھیجا ہے۔ میں یہاں اُسی کا انتظار کر رہا تھا۔

طلعت : تو میں چائے یہیں لے آتی ہوں۔ یا آپ چلیئے جب وہ آئے گا تو اطلاع ہو جائے گی۔

مسعود : جو رائے ہو۔ چلو اندر چلیں۔ لیجئے وہ تشریف لا رہے ہیں۔ اب یہیں منگالو چائے (بیرے سے) آؤ بھئی آؤ۔ اِدھر نکل آؤ۔

بیرا : سلام چھوٹے سرکار۔ ایسا سناٹا کر دیا ہے حضور نے کہ میں کیا کہوں۔

مسعود : تم خیریت سے تو ہو؟ تم نے تو بُھلا ہی دیا بالکل اگر آج میں نہ بلواتا تو آج بھی کیوں آتے۔

بیرا : جان بوجھ کر چھوٹے سرکار ایسی بات تو نہ کہیئے۔ آپ جانتے ہیں صاحب زادی کا مزاج۔ اِس وقت بھی پیٹ کے درد کا بہانہ کر کے ڈاکٹر کے یہاں جانے کا کہہ کر آیا ہوں۔

مسعود : بیٹھ جاؤ نا اس مونڈھے پر۔

بیرا : نہیں چھوٹے سرکار۔ آپ میرے جب بھی مالک تھے اب بھی مالک ہیں۔ میری کیا مجال کہ برابر بیٹھوں۔ اللہ جانتا ہے ہر ایک سے یہی کہتا ہوں کہ رحمت کا فرشتہ چلا گیا اس گھر سے۔

مسعود : بھئی میں نے تم کو بلایا ہی اس لئے ہے کہ تم نواب صاحب مرحوم کے زمانے کے آدمی ہو۔ اب وہاں میں نہیں ہوں تو تم ہی صاحب زادی کا ذرا خیال رکھنا۔

بیرا : کیا باتیں ہیں چھوٹے سرکار آپ کی بھی۔ میں لاکھ سمجھوں کہ میں نواب صاحب کے زمانے کا نمکخوار ہوں مگر میرے سمجھنے سے کیا ہوتا ہے، صاحب زادی بھی تو سمجھیں۔ اور حضور سَو باتوں کی ایک بات تو یہ ہے کہ جب آپ ہی نہ سمجھا سکے تو کون مائی کا لال ہے جو اُن کو سمجھا سکے گا کچھ۔

مسعود : رنگ کیا ہیں آج کل۔

بیرا : بے ڈھب رنگ ہیں حضور۔ عقل کام نہیں کرتی حضور کہ ہو کیا رہا ہے اور ہونے والا کیا ہے۔ زیدی میاں کے جانے کی خبر تو ہو چکی ہوگی۔

مسعود : ہاں وہ تو مجھے معلوم ہے۔

بیرا : کان پر ہاتھ رکھ کر کہتا ہوں سرکار۔ وہ سلوک ہوا ہے اُن بے چارے کے ساتھ کہ وہی تھے جو اتنے دن بھی رہ لئے۔ کھانے کی میز پر ان کو جانے کی اجازت نہ تھی۔ کوٹھی کے اندر وہ نہیں جا سکتے تھے بس باہر کے کمرے میں پڑے سو کھا کرتے تھے۔ چائے، ناشتہ، کھانا سب وہیں ان کو مل جاتا تھا

مسعود : یہ سب کچھ معلوم ہے کہ ایک مہمان کے ساتھ یہ سلوک اُس باپ کی بیٹی نے کیا ہے، جس کی

مہماں نوازی کی دھوم تھی۔

بیرا: اب میں کیا کہوں حضور پہلے حکم ہوا کہ کھانے سے میٹھا کم کیا جائے ان کے لئے۔ پھر حکم ہوا کہ چائے کا ناشتہ کم کیا جائے۔ اور آخر میں تو بس دال سالن چپاتی رہ گئی تھی اُن بے چارے کے حصے کی اور ذلتیں الگ۔ اور یہ سب کچھ وہ سہتے رہے۔ جانے کس مٹی کے بنے ہوئے تھے۔

مسعود: خیر یہ تو سب کچھ اس لئے ہوا کہ وہ میرا دوست تھا۔ مگر اب کیا حال ہے۔

بیرا: چھوٹے سرکار اب تو رنگ ہی کچھ اور ہے۔ ایک رنگروٹ جانے کس جنگل سے پکڑوالیا ہے۔

مسعود: رنگروٹ ——؟ کیا مطلب ——

بیرا: اے حضور ایک جنگلی سا آدمی ہے۔ ایک دن موٹر پر پیچھے بٹھالائیں۔ میں سمجھا کہ کوئی نیا نوکر لائی ہیں مگر مجھے حکم دیا کہ اس کو پہلے نائی کے سپرد کرو کہ حجامت بنائے۔ پھر اس کو غسل کراؤ اور آدمی بنا کر میرے سامنے لاؤ۔

مسعود: یہ تم کیا کہہ رہے ہو۔ آخر یہ ہے کون ؟

بیرا: اللہ جانے کون ہے حضور۔ اچھا خاصا بن مانس معلوم ہوتا ہے۔ تو حضور اس اللہ کے بندے کو نہلا دُھلا کر آدمیوں کے سے کپڑے پہنائے گئے اور اب جو صاحب زادی کے سامنے پیش کیا گیا تو حکم ہوا کہ اس کو آپ کے کمرے میں رکھا جائے۔

مسعود: یعنی میرے کمرے میں۔ میرا کمرہ کہاں سے آیا وہ۔ اچھا پھر —— پھر کیا ہوا۔ تم نے تو عجیب قصہ سنایا آکر۔

بیرا: اے حضور وہ مصیبت آئی ہوئی ہے آج کل کہ میں کیا کہوں۔ اب وہ گنوار آپ کے کمرے میں رہتا ہے۔ اور وہ ٹھکائی ہوتی ہے اُس کی دن رات کہ میں کیا کہوں۔

مسعود: ٹھکائی ہوتی ہے؟ یہ تم کیا کہہ رہے ہو۔

بیرا : حضور میں بالکل ٹھیک کہہ رہا ہوں۔ اُس جانور کو آدمی بنانے کی کوشش کی جارہی ہے، اور لکھوا لیجئے مجھ سے کبھی جو وہ آدمی بنے۔

مسعود : بیرا تم بیٹھ جاؤ۔ ارے بھئی میں نے کہا سنتی ہو طلعت ۔ چائے تو رکھ دو۔ یہ تو عجیب خبر لائے ہیں۔ دیکھو میں نہ کہتا تھا کہ نیر جو کچھ کہتی ہے وہ کرکے بھی دکھا سکتی ہے۔ اُس نے واقعی ایک جنگلی جانور سدھانا شروع کر دیا ہے۔

طلعت : کیا مطلب ؟

مسعود ان سے معلوم ہوا ہے کہ نیر ایک گاؤدی قسم کا آدمی کہیں سے پکڑ لائی ہے جسے اس کمرے میں رکھا گیا ہے جس میں رہتا تھا اور آج کل اس کی مرمت ہو رہی ہے۔

بیرا : ایسی ویسی مرمت سرکار! صبح سے اُٹھ کر اس کی وہ گت بنتی ہے کہ یاد کرتا ہوگا وہ بھی۔ صبح اس کے ہاتھ میں دے دیا جاتا ہے داڑھی مونڈنے کا سامان اور صاحب زادی کھڑی ہوتی ہیں ہنٹر لے کر کہ بناؤ اپنے ہاتھ سے داڑھی۔

طلعت : سچ مچ کیا دماغ بالکل ہی ٹل گیا ہے۔

مسعود : لو بیرا چائے پیو۔

بیرا : اللہ سلامت رکھے حضور کو۔

مسعود : اچھا پھر داڑھی بنتی ہے۔

بیرا : حضور داڑھی کیا بنائے گا وہ گھاس چھیلتا ہے۔ سارا مونہہ لہولہان الگ کرتا ہے اور صاحبزادی کی ڈانٹ اور ہنٹر الگ کھاتا ہے۔ داڑھی بنانے کے بعد اس کو غسل کرایا جاتا ہے۔ پھر کپڑے بدلوائے جاتے ہیں۔ آج ٹائی باندھنے کا سبق دیا گیا ہے۔

مسعود : یعنی واقعی ؟ ٹائی باندھنے کا سبق بھی ایک ہی رہا۔

بیرا : بہت پٹتا گیا ہے آج۔ اس سے کسی طرح بند ھتی ہی نہ تھی ٹائی۔ خیر تو حضور کپڑے بدلنے کے بعد اس کو میز پر چائے پینا سکھایا جاتا ہے۔ پھر آ جاتا ہے اس کا ماسٹر، اُس سے پڑھتا ہے وہ۔

طلعت : ارادہ کیا ہے آخر نیّر کا۔ واقعی یہ تو بالکل وہی ہو رہا ہے جس کا آپ کو اندیشہ تھا۔

مسعود : نہیں صاحب مجھ کو اِس حد تک اندیشہ نہ تھا۔ یہ تو کمال ہی کر دیا نیّر نے۔ ہاں بیرا پھر کیا ہوتا ہے ؟

بیرا : تو حضور، ماسٹر سے پڑھنے کے بعد دن بھر صاحب زادی اس کو سبق یاد کراتی ہیں۔ کھانے کا وقت آگیا تو کھانا کھانے کی تعلیم شروع ہوگئی کہ اس ہاتھ میں کانٹا پکڑو۔ اس ہاتھ میں چھری تھامو۔ یوں کاٹو اور یوں کھاؤ۔ کبھی وہ چھری مونہہ میں لے جائے اور کبھی کانٹا۔ اور کھانا پلیٹ میں دَھرا رہے اور پرے ہو اس کی مرمّت۔ یاد کرتا ہوگا وہ بھی کہ کہاں آ پھنسا ہوں۔

مسعود : وہ کبھی کچھ بے تکلفی بھی کرتا ہے ؟

بیرا : نہیں سرکار اُس کی کیا مجال ہے۔ اُس کی جان نکلتی ہے صاحب زادی کو دیکھ کر۔ کل صاحبزادی نے دیکھ لیا کہ نل کھول کر چُلّو سے پانی پی رہا تھا، اب جو برسے ہیں اس پر منٹر تو طبیعت ہری ہو گئی ہوگی۔

مسعود : مگر تمہارا خیال کیا ہے۔ یہ سب کچھ ہو کیوں رہا ہے۔

بیرا : یہی تو عقل حیران ہے حضور۔ اس کے لئے بہت سے کپڑے تو آپ ہی کے موجود تھے اور کچھ کپڑے نئے سلوائے گئے ہیں۔ اب شاید صاحب زادی کچھ تھک گئی ہیں۔ ایک میم بلائی گئی تھی۔ اس کی دیکھ بھال کے لئے۔

طلعت : لیجئے مبارک ہو گورنس رکھی جا رہی ہے۔

بیرا : جی ہاں یہی نام لیا تھا صاحب زادی نے بھی۔ شاید کل سے وہ آجائے۔ اس سے کہہ رہی

تھیں کہ اس کو جتنی جلدی آدمی بنا دو گی اتنا ہی زیادہ انعام ملے گا۔

مسعود: عجیب سرپھری لڑکی ہے یہ بھی۔ اچھے خاصے گھر کو عجائب خانہ بنا رکھا ہے۔

بیرا: کچھ پوچھئے نہیں۔ ہم نوکروں کی الگ مصیبت میں جان ہے۔ اگر کوئی بدتمیزی وہ جانور کرتا ہے تو شامت ہم سب کی بھی آتی ہے۔ کل ہی وہ آنکھ بچا کر کچن میں آگیا اور مجھ سے کہنے لگا کہ روٹی دو مجھے بھوکا ہوں۔

طلعت: اتنی خاطر مدارت کے بعد بھی بھوکا ؟

بیرا: حضور بھوکا تو وہ رہ ہی جاتا ہے۔ چھری کانٹے سے بھلا اس کا پیٹ بھر سکتا ہے۔ تو حضور مجھے بھی ترس آگیا اُس پر اور میں نے کچھ روٹی اور ایک آدھ کباب دے دیا کہ کسی طرح اس کا پیٹ تو بھرے۔ اس نے پوری روٹی کا ایک نوالہ بنا کر جیسے ہی ٹھونسا ہے۔ صاحب زادی آموجود ہوئیں اور پھر جو ہم لوگوں کی شامت آئی ہے تو اللہ دے اور بندہ لے۔

مسعود: کہہ دیا ہوتا تم نے کہ یہ آپ کا پالو بھوکا تھا۔

بیرا: صاحب وہ کہتی ہیں کہ بھوکا ہی رہنا چاہئے تاکہ یہ چھری کانٹے سے کھا کر پیٹ بھرنا سیکھے۔ آج صبح ہی چائے کی میز پر پہلے تو اس نے چائے پیالی سے پرچ میں انڈیل کر پینا چاہی جب ڈانٹ پڑی تو مجھے سے پینے کا ارادہ کیا۔ صاحب زادی نے پھر ایک ڈانٹ دی کہ دیکھو میں کس طرح پیتی ہوں۔ اس طرح پیو۔ مگر اب جو وہ پیتا ہے تو آواز آئی شڑپ۔ اور پھر جو صاحب زادی نے کانٹا اٹھا کر ایک کچوکہ دیا ہے اس کے ہاتھ میں تو تلملا گیا۔

طلعت: سچ مچ یہ تماشہ دیکھنے کو تو دل چاہنے لگا۔

مسعود: تم سے زیادہ میرا دل چاہتا ہے یہ تماشہ دیکھنے کو۔ اچھا یہ بتاؤ بیرا کبھی تم کو اس سے بات کرنے کا موقعہ بھی ملا کہ وہ آیا کہاں سے تھا۔ کون ہے اور نیر کے ہاتھ کیسے لگا۔

بیرا: سرکار ایک مرتبہ آگیا تھا وہ میرے کوارٹر میں کہ کہیں سے ایک بیڑی لاکر پلادو۔ اُس دن اُس سے کچھ باتیں ہوئیں تو معلوم ہوا کہ وہ بے چارہ بڑا مظلوم ہے۔ کوئی چھوٹا مقدمہ چل گیا تھا اُس پر اور وہ جیل کاٹ کر اُسی دن نکلا تھا اور اس کی کچھ سمجھ میں نہ آتا تھا کہ کہاں جائے اور کیا کرے کہ صاحب زادی موٹر پر اُدھر جا نکلیں اور وہیں پیٹرول ختم ہو جانے سے ان کو گاڑی روکنا پڑی صاحب زادی نے اس کی مدد سے پمپ سے پیٹرول منگایا اور اس کے حالات سن کر اس کو اپنے ساتھ لے آئیں۔

مسعود: نام کیا ہے ان حضرت کا۔

بیرا: نام تو خدا بخش تھا مگر صاحب زادی نے اسلم رکھا ہے ان کا نام۔

مسعود: طلعت تم جس قدر حیران ہو میں اتنا تعجب نہیں کر رہا ہوں۔ اور اگر میرا اندازہ صحیح ہے تو یہ سارا کھیل گویا مجھ کو جلانے کے لئے کھیلا جا رہا ہے۔ نیر کا خیال یہ ہے کہ اگر وہ اس جانور کو انسان بنا سکی تو اس کو اپنے ساتھ لئے گھومے پھرے گی۔ پارٹیوں میں اس کی نمائش کرے گی اور مقصد صرف یہ ہوگا کہ مجھے اشتعال پیدا ہو۔ یہ گویا مجھ سے تمہارا انتقام لینے کی ترکیب نکالی جا رہی ہے۔

طلعت کیا خوب انتقام ہے یہ بھی۔ اس کا مطلب یہ ہوا کہ گویا میں بھی اتنی ہی گری ہوئی تھی جس کو آپ نے سہارا دے کر اپنی سطح پر لانے میں کامیابی حاصل کی ہے۔

مسعود: احمق لڑکی۔ سمجھ میں نہیں آتا کہ اس کے دماغ کی ساخت کیا ہے۔ بیرا یہ تو بتاؤ صورت شکل کیسی ہے بقول تمہارے اس رنگروٹ کی۔

بیرا: اس کی اوقات سے کچھ باہر ہی سمجھئے سرکار۔ بُری صورت نہیں ہے۔ مگر ایسی بھی نہیں کہ کوئی گڑبڑ والی بات کا ڈر ہو۔

مسعود: نہیں نہیں۔ یہ تو ممکن ہی نہیں۔ میں تو اس لئے پوچھ رہا تھا کہ چند دن میں جب وہ اس جانور کو سدھالیں گی تو وہ سوسائٹی میں کیسا نظر آئے گا۔ طلعت تم حیران نہ ہو۔ میں اچھی طرح جانتا ہوں نیر کو وہ ڈرامہ کھیل رہی ہے اور جو کیرکٹر وہ اس محنت سے تیار کر رہی ہے۔ وہ کامیاب بھی ثابت ہوگا۔ نیر میں یہی تو ایک بات ہے کہ دُھن کی پکی ہے۔ جو سوجھ گئی بس سوجھ گئی۔

طلعت: آپ کا مطلب کیا ہے۔ یعنی وہ اس خدابخش۔ یعنی اسلم کو سوسائٹی میں کیا بنا کر پیش کرے گی اپنا گویا——یعنی——

مسعود: ہاں ہاں اپنا انتخاب۔ اپنا پسندیدہ دوست۔

طلعت: دوست تک تو غنیمت ہے مگر کیا واقعی انتخاب بھی۔

مسعود: مجھے تعجب ہوگا اگر وہ اپنے انتخاب کی حیثیت سے اُسے پیش نہ کرے۔

طلعت: اور یہ سب کچھ محض ڈرامہ ہوگا آپ کے خیال میں۔

مسعود: قطعاً ڈرامہ۔ اصلیت سے کوسوں دُور۔ اور مقصد صرف یہ ہوگا کہ اپنے جذبۂ انتقام کو تسکین حاصل ہوتی رہے اور وہ یہ سمجھ سمجھ کر خوش ہوتی رہے کہ اس نے مجھ سے بھرپور بدلہ لے لیا۔ کاش اُس عقل کی دشمن کو معلوم ہوتا کہ میں بھلا کیوں جلنے لگا۔ وہ اپنی غلطی سے خود جو کچھ میرے متعلق سمجھتی رہی ہے اگر وہ درست ہوتا تو میرے جلنے اور مشتعل ہونے کا سوال بھی پیدا ہوتا۔

طلعت: خیر یوں ہی سہی تو بھی انتقام لینے کا کتنا طویل راستہ اختیار کیا ہے۔ کب وہ اس کو تعلیم و تربیت دے چکیں گی۔ کب وہ سوسائٹی میں آنے کے قابل بنے گا اور کب ان کا جذبۂ انتقام سرد ہوگا۔

مسعود: مگر یہ بھی تو مجبوری ہوگی اس کے سامنے کہ اگر وہ کسی پڑھے لکھے سمجھ دار آدمی کا انتخاب کرتی تو ممکن تھا وہ حضرت خود ہی کہنا شروع کر دیتے کہ،

دلِ ناداں بہلتا نہیں بہلانے سے

طلعت: اور اگر لکھ پڑھ کر اور شعور حاصل کرنے کے بعد اس شخص نے بھی یہی کہا تو۔

مسعود: اس کے لئے ذرا مشکل ہوگا یہ کہنا۔ سُن رہی ہو کہ اٹھتے جوتی بیٹھتے لات کا تو سلوک ہو رہا ہے اُس کے ساتھ وہ بھلا یہ جرأت کر سکتا ہے۔

طلعت: مگر یہ سلوک ہمیشہ تو نہ ہوگا۔ آخر سمجھ آ ہی جائے گی کبھی نہ کبھی۔

بیرا: اچھا سرکار اب میں جاتا ہوں۔ نہ جانے کس بات پر میری تلاش شروع ہو جائے۔

مسعود: بھئی تم کبھی کبھی ملتے رہا کرو تاکہ حالات تو معلوم ہوتے رہیں۔ یہ فرض میرا اور تمہارا دونوں کا ہے کہ نواب صاحب مرحوم کی رُوح کو کوئی تکلیف نہ پہنچنے دیں۔ تم سے وہاں کی باتیں معلوم ہوتی رہیں گی تو کم سے کم میں باخبر ہی رہوں گا۔

بیرا: نہیں سرکار میں برابر آتا رہوں گا۔

مسعود نے بیرا کو انعام دے کر رخصت کر دیا اور طلعت چائے کا سامان سمیٹ کر اندر چلی گئی مگر مسعود پھر نیّر ہی کے متعلق نہ جانے کیا کیا سوچتا ہوا برآمدے سے نکل کر سڑک پار کر کے سامنے والے سبزہ زار پر ٹہلنے لگا۔ نیّر کے متعلق اس کا ہر اندازاس لئے صحیح ہوتا تھا کہ وہ صورتِ حال پر نیّر ہی کے زاویۂ خیال سے غور کرتا تھا۔ اس کو معلوم تھا کہ نیّر کا دماغ کن زاویوں سے اپنے لئے کس قسم کی راہیں نکالنے کا عادی ہے اور وہ بالکل صحیح سمجھا تھا کہ یہ جانور جو اس محنت سے سدھایا جا رہا ہے بظاہر تو قطعاً غیر مضرت رساں ہے مگر طلعت کی یہ بات چُبھ سی رہی تھی کہ وہ ہمیشہ ہی تو ایسا ناسمجھ نہ رہے گا۔ مسعود کو اس سلسلے میں نیّر کی طرف سے تو پورا اطمینان تھا مگر واقعی یہ خدا بخش یعنی یہ اسلم اگر آدمیت کے جامے میں آ کر چل گئے تو کیا ہوگا۔ ایک شخص کو فرضی طور پر سہی اپنا مرکزِ انتخاب۔ اپنا پسندیدہ دوست اور اپنا سب سے مقرب نوجوان بنا کر دوسروں کے سامنے پیش کرنا خود اس شخص کے دل میں بھی تو یہ خیال پیدا کر سکتا ہے کہ کاش یہ تمثیل واقعہ بن جائے مسعود دیر تک اسی فکر میں کھویا رہا اور آخر اس نے تھکے ہوئے انداز سے کہا۔ خیر یہ منزل ابھی دُور ہے اور یہ فکر ابھی قبل از وقت ہے

وہ اپنے کو اس فکر سے زبردستی خالی الذہن بنا کر گھر پہنچا ہی تھا کہ اس نے طلعت کو اپنا منتظر پایا اور طلعت کے چہرے پر بھی تفکر کی سنجیدگی دیکھ کر کہا :

مسعود : یعنی آپ بھی کوئی سیاسی گتھی سلجھانے میں مصروف ہیں یا کوئی نظم ہو رہی ہے ۔

طلعت : جی نہیں نہ نظم ہو رہی ہے نہ سیاسی گتھی ۔ مگر میں یہ سوچ رہی تھی کہ آخر دوسرے لوگ بھی تو خواہ کوئی واسطہ ہو یا نہ ہو دوسرے کے گھروں کی باتوں کے متعلق غور کیا ہی کرتے ہیں ۔

مسعود : میں سمجھا نہیں تمہارا مطلب ۔

طلعت : آپ دماغ کو اتنا تھکا چکے ہیں کہ صاف سی بات سمجھ میں نہیں آ رہی ہے ۔ میں یہ کہہ رہی تھی کہ نیّر نے جو تماشا شروع کر رکھا ہے اس کے متعلق آخر پاس پڑوس کے لوگوں کی کیا رائے ہوگی ۔ آپ کے وہاں سے چلے آنے کو پھر زبیدی کے نکالے جانے کو، پھر اس نئے جانور کے پالے جانے کو نہ جانے لوگ کس نظر سے دیکھ رہے ہوں گے اور کیا کیا معنی پہنا رہے ہوں گے ۔

مسعود : خیر دنیا کی زبان تو کوئی روک ہی نہیں سکتا ۔ نام تو بادشاہوں پر بھی دھرے جاتے ہیں ۔ مگر پاس پڑوس والے اور اس گھر سے جو ذرا بھی واقف ہیں وہ نیّر کی مزاجی کیفیت سے واقف ہیں ۔ ہنٹر بازی تو اس نے اب کی ہے مگر محلے کی عورتوں میں وہ ہنٹر والی تو ہمیشہ سے مشہور ہے ۔ میں ایک مرتبہ ایک دوست کے ساتھ سنیما کا سیکنڈ شو دیکھ کر آیا تو میری اس دوست کے سامنے وہ خبر لی کہ ان حضرت نے نیّر کا عجیب نام رکھا تھا ۔ "ہر ہائی نس کرفیو نیّر ممتاز الدولہ"

یہ نام طلعت کو بھی ایسا پسند آیا کہ وہ اپنی ساری فکر بھول کر ہنسی سے لوٹ گئی ۔

نواب ممتاز الدولہ مرحوم کا وہ ایوان جو مرحوم کی زندگی میں عام طور پر علمی ادبی اور انتخابات کے زمانے میں سیاسی سرگرمیوں کا مرکز بنا رہتا تھا آج کل ان کی صاحب زادی نیر کے ہاتھوں عجیب سرکس کا پنڈال بن کر رہ گیا تھا۔ جس میں نیر خدا جانے کہاں سے ایک انسانی شکل کا جانور پکڑ لائی تھی۔ وہ جانور جس کا غائبانہ تعارف بیرے نے مسعود اور طلعت سے کرا دیا تھا آج کل بڑے زور شور سے سدھایا جا رہا تھا۔ یہ خدا بخش جس کا نام نیر نے اسلم رکھا تھا ایک خالص گاؤدی قسم کا نہایت جاہل آدمی تھا مگر نیر کو تو جیسے جنون تھا کہ کسی طرح آدمیت گھول کر اس آدمی کو پلا دی جائے اور یہ شخص اس کی مرضی کے مطابق ایک اپٹوڈیٹ قسم کا مہذب کلچرڈ اور ہر اعتبار سے اس قدر باقاعدہ نوجوان بن جائے کہ اونچی سے اونچی سوسائٹی میں جگہ حاصل کر سکے۔ ممکن ہے یہ بات ناممکن نہ ہو مگر جس قدر بے صبری سے نیر اس کی تربیت میں مصروف نظر آتی تھی اس کو دیکھتے ہوئے ہتھیلی پر سرسوں جمانا مشکل ضرور تھا۔ نیر نے اس کے لئے مس روبی نامی ایک اینگلو پاکستانی گورنس کا بھی تقرر کر دیا تھا تاکہ اپنا کچھ بوجھ ہلکا کرلے مگر مس روبی چونکہ ایک ہفتے سے پہلے اس جانور کو آدمی بنانے کا کام اپنے ہاتھ میں نہ لے سکتی تھی لہٰذا نیر اسلم پر پورا وقت صرف کر رہی تھی۔ ادھر اس نو گرفتار وحشی کا یہ عالم تھا کہ اس کا ہر تیور پکار پکار کر کہہ رہا تھا کہ خداوندا یہ کس عذاب میں پھنس گیا ہوں میں

رہ گئے گھر کے باقی نوکر چاکران سب کے لئے ایک مستقل مصیبت کا زمانہ تھا یہ زمانہ بھی۔ خصوصاً اس لئے اور بھی کہ اسلم کا ہر غصہ ہر نوکر پر ہر وقت اتر سکتا تھا۔ اس وقت بھی نیرّ اپنے اس جانور کی پے در پے متعدد وحشیانہ حرکتوں سے مشتعل آنکھوں میں شعلے لئے بیرے پر اس کا غصہ اُتار رہی تھی:

نیرّ: جب میں اس کا نام اسلم رکھ چکی ہوں تو تم نے خدا بخش کہا کیسے؟

بیرا: بی بی۔ میں نے پہلے اسلم صاحب کہا۔ پھر خالی اسلم کہہ کر آواز دی۔ جب یہ نہ بولا تو خدا بخش کہہ کر پکارا۔

نیرّ: کیوں جی کیا نام ہے تمہارا۔

اسلم: خدا بخش۔

نیرّ: خدا بخش نہیں اسلم۔

اسلم: خدا بخش نہیں اسلم۔

نیرّ: پھر کیوں بولے تم خدا بخش کے نام پر۔ خبردار جو اب تم نے اپنا نام خدا بخش سمجھا۔ تمہارا نام اسلم ہے۔ مسٹر اسلم۔ سمجھے؟ کیا نام ہے تمہارا۔

اسلم: خدا ـــــ نہیں نہیں۔ اسلم

نیرّ: شاباش۔ جب تم سے کوئی پوچھے کہ تمہارا نام کیا ہے تو کہنا اسلم۔ کیا کہو گے ـــــ؟

اسلم: وہی جو تم بتا رہی ہو۔

نیرّ: کیا بتا رہی ہوں میں؟

اسلم: اسلم اور کیا ـــــ

نیرّ: اور ادھر تو آؤ۔ بڑھو آگے۔ یہ کیا ہے۔ یہ تمہارے کان پر کیا رکھا ہے۔ بدتمیز آدمی یہ تم نے بجھا ہوا سگریٹ کان میں کیوں لگایا۔ میں نے تم کو قیمتی سگریٹ کے ڈبے اس لئے منگا کر دے

ہیں کہ تم بجھا ہوا سگریٹ کان میں لگائے پھرو۔ کیوں لگایا یہ تم نے ـــــ اور بیرا تم نے بھی اس احمق کو نہیں بتایا کہ سگریٹ کان میں نہیں بلکہ ایش ٹرے میں بجھایا جاتا ہے۔

بیرا: بی بی۔ میرے سامنے نہ انہوں نے بجھایا نہ میں نے کان پر لگاتے دیکھا۔ سگریٹ جلانے کے لئے یہ کچن میں گئے تھے تو میں نے سمجھا دیا تھا کہ سگریٹ چولہے کی آگ سے نہیں سلگاتے دیاسلائی سے سلگاتے ہیں۔

نیّر: دیکھو اسلم اب نہ دیکھوں میں بجھا ہوا سگریٹ تمہارے پاس۔ سگریٹ جب بجھ جائے تو ایش ٹرے میں ڈال دیا کرو۔ ایش ٹرے جانتے ہو؟

اسلم: جانتے کیوں نہیں۔

نیّر: جاؤ اٹھا کر لاؤ ایش ٹرے جلدی سے۔ چلو جلدی کرو ـــ اے۔ یُو۔ یہ تم کچن کی طرف کیوں جا رہے ہو۔ ایش ٹرے کچن میں ہوتا ہے۔ ایڈیٹ جاؤ اپنے کمرے سے لاؤ جا کر ـــ بیرا جب تک تم سب مل کر اس کو تمیز نہ سکھاؤ گے یہ کچھ نہ سیکھ سکے گا۔ میرا تو اس نے کتے کا بھیجہ کر دیا ہے، دن بھر بھونکنا پڑتا ہے اس کے ساتھ مگر تم لوگوں کا فرض ہے کہ تم بھی خیال رکھو۔

بیرا: بی بی اب میں کیسے یقین دلاؤں آپ کو کہ کتنا سمجھاتا ہوں۔ وہ کہہ رہا تھا کہ یہ سگریٹ اس کی مرضی کے نہیں ہیں وہ تو بیڑی ہی پینا چاہتا ہے۔

نیّر: خبردار جو کسی نے اس کو بیڑی دی۔ اس کو سگریٹ ہی پینا پڑیں گے۔ اگر میں نے اس کے پاس بیڑی دیکھ لی تو تم لوگوں کی خیر نہیں ـــ اُف کم بخت یہ کیا لا رہا ہے ـــ یُو فول ـــ یہ ایش ٹرے ہے؟ کل دن بھر تم کو بتایا ہے کہ ایش ٹرے کیا چیز ہوتی ہے اور اس سے کیا کام لیا جاتا ہے۔ تمہارا دماغ کس چیز کا بنا ہوا ہے آخر۔ یہ تم ظلالدان کیوں لائے ہو۔ یہ ایش ٹرے ہے؟

بیرا : اسلم صاحب یہ تو گلدستہ لگانے کی چیز ہے۔ ایش ٹرے تو وہ ہوتی ہے جس میں سگریٹ کی راکھ جھاڑتے ہیں۔

نیّر : تم یوں نہ مانو گے۔ پھر اٹھاؤں میں ہنٹر۔ کل دن بھر اس کوڑھ مغز کو سمجھایا ہے کہ یہ فلاور واز ہے اور یہ ایش ٹرے ہے۔ بیرا تم جا کر ایش ٹرے لاؤ اور اس احمق کو سمجھاؤ کہ اسے ایش ٹرے کہتے ہیں۔ خبردار جو اب تم نے بجھا ہوا سگریٹ پھر پینے کے لئے کہیں بھی رکھا۔ جب جی چاہے نیا سگریٹ ڈبے سے نکال کر سلگاؤ۔ سمجھ گئے ؟ کیا بتایا میں نے تم کو ابھی۔

اسلم : نیا سگریٹ نکال کر سلگاؤں۔

نیّر : ہاں۔ کوئی پروا نہیں سگریٹ ختم ہو جائیں گے تو اور آ جائیں گے۔

بیرا : یہ دیکھئے۔ اس کو کہتے ہیں ایش ٹرے۔

اسلم : ایش ٹرے ——— ٹھیک ہے۔ ایش ٹرے۔

نیّر : اور ادھر تو آؤ یہ تم نے کوٹ کی جیب میں کیا بھر رکھا ہے گٹھری کا جھونجھ بھاگتے کیوں ہو۔ چلو ادھر۔ بیرا پکڑنا اسے۔ ذرا دیکھنا اس کی جیب میں کیا ہے۔

بیرا : اماں دیکھنے تو دو بابا۔

نیّر : کیوں نہیں دکھاتے۔ چھوڑو جیب اپنی۔ بے وقوف آدمی۔ اتنے اچھے کوٹ کی جیب مَسل کر رکھ دی۔

بیرا : واہ صاحب واہ۔ دہی تو میں کہوں کہ ڈولی میں رکھی ہوئی ڈبل روٹی زمین کھا گئی کہ آسمان نگل گیا۔

نیّر : یہ کیا ؟ ڈبل روٹی ؟ یہ کیا بے ہودہ پن ہے۔ یہ تم نے ڈبل روٹی کیوں چرائی۔ تم اپنی یہ چوریاں نہیں چھوڑو گے۔ بتاؤ کیوں چرائی تھی یہ ڈبل روٹی۔

اسلم: اب نہیں چرائیں گے۔ خطا ہوئی۔

نیّر: اب نہیں چراؤ گے۔ مگر چرائی کیوں تھی۔ میز پر اپنے سامنے میں نے تم کو لنچ کھلوایا۔ اگر بھوکے رہ گئے تھے تو اور کھا سکتے تھے۔ بیرے سے کہہ دیتے وہ تمہارے کمرے میں قاعدے سے سلائس کاٹ کر۔ سینڈوچز بنا کر۔ ٹوسٹ سینک کر یہی ڈبل روٹی دے سکتا تھا۔ مگر تم اپنی عادت سے مجبور ہو۔ بیرا ذرا میرا ہنٹر دو میں اس کی کھال اتار کر رکھ دوں گی۔

اسلم: قصور ہوا۔ اب نہیں کروں گا۔ کان پکڑے۔

نیّر: صاف کرو اس کم بخت کی جیب اور میز پر چائے لگاؤ بیرا اس کم بخت کو پھر ٹھنساؤ ناشتہ۔ اس نے تو ناک میں دم کر دیا ہے میرا۔

بیرا: بی بی۔ خطا معاف۔ نالی کے کیڑے کو عطر دان میں رکھئے گا تو مر جائے گا غریب۔

نیّر: بکو مت۔ میں اس کے فرشتوں کو آدمی بنا کر رہوں گی۔ اس کو آدمی بننا پڑے گا۔ اے۔ یہ کیا بدتمیزی ہے۔ خارشی کتے کی طرح سر کیوں کھجا رہے ہو۔ تمیز سے نہیں کھجایا جاتا سر۔ بیرا اس کو بتاؤ کہ صاحب لوگ کیسے سر کھجاتے ہیں۔

بیرا: دیکھو بھائی صاحب لوگ اول تو کھجاتے ہی نہیں سر۔ کھجلی ہو تو ضبط کرتے ہیں اور بہت ہی کھجلی ہو تو بال درست کرنے کے بہانے سے سر پر ہاتھ لے جاتے ہیں اور بال ٹھیک کرتے میں چپکے سے کھجا بھی لیتے ہیں۔

نیّر: اسی طرح اگر ایک ایک بات تم لوگ سمجھاتے رہو تو مجھے یوں سر کھپانا کیوں پڑے۔ اچھا جاؤ تم اپنی کتاب لے کر آؤ۔ سبق یاد ہوا تو چائے ملے گی نہیں تو کچھ بھی نہیں۔ اب میں تم کو پیٹ کی ماروں گی ——— دیکھو جلدی آنا بیٹھ نہ رہنا۔

بیرا: ٹھیک ہو جائے گا بی بی۔ ابھی نئی نئی بات ہے۔ گھبرایا ہوا ہے غریب۔

نیتر: سخت کوڑھ مغز ہے۔ کوئی بات یاد ہی نہیں رکھتا۔

بیرا: بی بی آپ بے کار ہلکان ہوتی ہیں، ان کو تو وہی میم صاحب ٹھیک کریں گی۔

نیتر: وہ کم بخت بھی تو ایک ہفتے سے پہلے نہیں آسکتیں۔ لے آئے کتاب۔ اِدھر بیٹھو اس کرسی پر۔ بیرا تم چائے کا انتظام کرو۔ مسٹر اسلم بھوکے ہیں۔ لیکن اگر سبق یاد نہ نکلا تو ان کا فاقہ۔ ہاں مسٹر کھولو نا کتاب میرا موہنہ کیا دیکھ رہے ہو۔ اپنی طرف کر کے کھولو۔ کتاب پڑھنا نہیں ہے کہ مجھے۔ ہاں پڑھو کیا پڑھایا تھا میں نے۔

اسلم: اے۔ ریٹ۔ رین ——— ایک موٹا آدمی۔

نیتر: پھر وہی، دیکھ رہے ہو میری طرف اور پڑھ رہے ہو کتاب۔ اور یہ پڑھا کیا ہے۔ بھرے آنکھیں کھول کر پڑھو۔ غلط پڑھا اور برے ہنٹر۔

اسلم: اے۔ فیٹ۔ مین ——— ایک چوہا دوڑا۔

نیتر: چوہے۔ کم بخت۔ اے معنی؟

اسلم: اے معنی ——— اے معنی ایک۔ اے ٹی۔ ایٹ۔ ایٹ معنی پر ——— سی۔ اے۔ ٹی۔ کیٹ کیٹ معنی بلی۔

نیتر: بکواس بند کرو۔ میں آموختہ نہیں سُن رہی ہوں۔ میں پوچھتی ہوں، اے معنی کیا ہیں؟

اسلم: اے معنی ایک۔

نیتر: فیٹ معنی ———

اسلم: ایف۔ اے۔ ٹی۔ فیٹ۔ فیٹ معنی موٹا۔

نیتر: مین معنی۔

اسلم: ایم۔ اے۔ این۔ مین۔ مین معنی آدمی۔

نیّر: اے فیٹ مین۔

اسلم: اے فیٹ مین۔ایک چوہا آدمی۔

نیّر: تم یوں نہ مانو گے۔ٹھیر جاؤ۔پہلے میں ہنٹر اٹھالوں۔

اسلم: نہیں نہیں۔اے فیٹ مین۔ایک آدمی دوڑا ——— اے فیٹ مین۔ایک موٹا چوہا۔

نیّر: کم بخت اندھے۔چوہا کہاں سے آگیا۔چوہے کی انگریزی کیا ہے۔

اسلم: سی۔اے۔ٹی۔کیٹ۔کیٹ معنی بلی۔آر اے ٹی۔ریٹ۔ریٹ معنی چوہا۔

نیّر: پھر؟ کہاں ہے ریٹ اس میں۔اے فیٹ مین۔

اسلم: اے فیٹ مین۔ایک موٹا آدمی۔

نیّر: پھر یہ بکواس کیا تھی اتنی دیر سے۔چل آگے۔

اسلم: اے۔ریٹ۔رین۔ایک بلی چوہا۔

نیّر: دیکھ اسلم میں مارتے مارتے کھال اُدھیڑ کر رکھ دوں گی۔شرم نہیں آتی بڈھا طوطا ہوئے کوڑھ مغز۔

اسلم: اے۔ریٹ۔رین۔ایک چوہا ——— ایک چوہا رین۔آر۔اے۔این۔رین۔رین معنی دوڑا۔

نیّر: ہاں تو کیا ہوا، اے ریٹ رین؟

اسلم: ایک چوہا ——— ایک موٹا چوہا۔

بیرا: بی بی چائے لگادی ہے۔

نیّر: جہنم میں گئی چائے۔اس کم بخت گاؤدی نے میرا بھیجہ خالی کر دیا ہے۔کل دن بھر سبق رٹایا تھا آج پھر کورا کا کورا۔بس اسے ٹھونسنے کو ملتا رہے مگر مجھے بھی قسم ہے جو اسے کھانے کو دوں۔میں جاتی ہوں چائے پینے۔تم بیٹھ کر یاد کرو اچھی طرح سبق۔جب یاد ہو جائے گا تب ملے گی تمہیں چائے۔بیرا تم یہیں رہو۔اسے اٹھنے نہ دینا یہاں سے۔کم بخت۔کوڑھ مغز۔دماغ میں بھوسا

بھرلے۔

اسلم: اے۔ ریٹ۔ رین ——— ایک چوہا۔ آر۔ اے۔ این۔ رین معنی دوڑا۔

بیرا: یاد کرو بھیا ابھی طرح کیوں اپنی ہڈی پسلی کے دشمن ہو رہے ہو اگر غصہ آ گیا بی بی کو تو مارتے مارتے چوہا بنا دیں گی۔

اسلم: جیل سے چھوٹے یہاں دھر لئے گئے۔ بیڑی ہے اُستاد؟

بیرا: پھر وہی بیڑی۔ عجب مٹی کے بنے ہوتے ہو میرے شیر تم بھی۔

اسلم: بنا بیڑی کے عقل بھی تو چکر میں ہے۔ تمہاری قسم استاد بدن ٹوٹ رہا ہے۔ یہ سگرٹ تو نہ جانے کیا ہے الغاروں دھواں اور تیزی نام کو نہیں۔ ہو تو دے دو چپکے سے دو دم لگا لوں۔

بیرا: معلوم ہو گیا بھیا تمہیں موت ہی نے گھیر رکھا ہے۔ اماں پڑھتے ہو کر کھوں میں بی بی سے جا کر۔

اسلم: اے۔ ریٹ۔ رین۔ مگر یار یہ مجھ کو پڑھا کیوں رہی ہیں بے فضول بن ناحق۔

بیرا: واہ ری تیری عقل۔ اُستاد پڑھ جاؤ گے تو مزے کرو گے۔ واہ ری تیری شان یہ ساٹھ ساٹھ روپے گز کے کپڑے کے سوٹ اور یہ تم۔

اسلم: سچ مانو بڑی الجھن ہوتی ہے ان کپڑوں میں، نہ آدمی بیٹھ سکے نہ لیٹ سکے اور یہ جو گلے میں پھندا پڑا ہے یہ تو اللہ جانتا ہے پھانسی سے کم نہیں۔ ہات ترے کی۔ ہیں نہیں تو کیا۔

بیرا: اماں یہ کیا کیا۔ کھول ڈالی ٹائی۔ اب دیکھنا دھبے بھاؤ کی پڑیں گی کہ یاد کرو گے۔ باندھو جلدی اگر خیریت چاہتے ہو۔

اسلم: اچھی زبردستی ہے۔ دم گھٹا جاتا ہے۔

بیرا: اماں باندھتے ہو کہ نہیں۔ کیوں یار اپنے ساتھ ہم غریبوں کے بھی پیچھے پڑے ہو۔ معلوم ہوتا ہے نوکری چھوڑوا کر رہو گے۔ دیکھو وہ آرہی ہیں، اب آئی شامت۔

نیئر: (آتے ہوئے) یاد کیا سبق تم نے؟ ——— اور یہ کیا؟ یہ ٹائی کیوں کھولی۔

اسلم: سانس اُبھر رہی تھی ہماری۔

نیئر: سانس اُبھر رہی تھی۔ ؟ یہ جو سارا زمانہ ٹائی باندھے پھرتا ہے سب کی سانس اُلجھتی ہے۔ باندھو جلدی۔ خدا سمجھے تم سے، کالر کا بھی ناس مار کر رکھ دیا۔ جلدی کرو۔ ارے۔ ارے۔ ارے۔ یہ ٹائی باندھ رہے ہو یا بستر بند میں گرہ لگا رہے ہو۔ او کم بخت یہ نہایت قیمتی ریشمی ٹائی ہے جسے اس بے دردی سے مروڑا جا رہا ہے۔ پھر وہی۔ اِسی طرح باندھنا سکھائی تھی۔

اسلم: ٹھیک ہے۔ بھول گیا تھا۔ اے یوں۔

نیئر: معلوم ہوتا ہے ہڈیاں کلبلا رہی ہیں۔ اٹھانا بید یہ ہنٹر میرا۔

اسلم: ارے نہیں۔ ابھی باندھتا ہوں۔ ابھی۔ ابھی لو۔

نیئر: تم نے بغیر پوچھے کھولی کیوں ٹائی (ہنٹر تان کر) کیوں کھولی تھی بولو (پھر مارتی ہے اور اسلم بھیں بھیں کر کے روتا ہے) ایڈیٹ۔ بے وقوف۔ گدھا۔

اب بتایئے سرکس کا پنڈال غلط تو نہیں کہا تھا۔ یہ خدا بخش یعنی یہ اسلم جانور نہیں تو اور کیا تھا۔ بلکہ جانور کو سدھا لینا شاید آسان ہو۔ انسان کو انسان بنانا اتنا آسان نہیں ہے۔ وہی مثل کہ سوتے کو تو جگایا جا سکتا ہے۔ جاگتے کو کوئی کیا جگائے۔ بڑے طوطے مشکل ہی سے پڑھ سکتے ہیں اس لئے کہ وہ باقاعدہ طوطا بن چکتے ہیں۔ اسلم بھی اپنے گاؤدی پن میں راسخ ہو چکا تھا مگر نیئر کو تو جیسے ضد تھی کہ اسی پتھر سے پسینہ نکالے گی، اسی کانِ نمک سے شہد نچوڑے گی۔ اس کی طبیعت کا خاصہ ہی یہ تھا کہ ناممکن کو ممکن بنائے۔ جو کام جتنا مشکل نظر آتا تھا اتنی ہی اس کی ضد بڑھتی جاتی تھی۔ اسی ضد کی بدولت آج کل وہ سب کچھ بھولے ہوئے تھی

نہ کہیں آنا نہ کہیں جانا۔ نہ کسی سے ملنا نہ سیر نہ تفریح۔ صبح سے شام تک بس یہی ایک مشغلہ تھا کہ اُٹھنا، بیٹھنا پہننا اوڑھنا۔ کھانا پینا۔ لکھنا پڑھنا سکھا رہی ہے۔ اس کے لئے قیمتی سے قیمتی لباس موجود تھے۔ ایک بڑے آدمی کی ضروریات کی جتنی چیزیں ہو سکتی ہیں سب مہیا تھیں۔ مگر وہ رہ رہ کر قیمتی سگریٹوں سے بیڑی کی طرف بھاگنا چاہتا تھا۔ اعلیٰ درجے کے سوٹ چھوڑ کر اپنے ڈھیلے ڈھالے کرتے اور تہبند کے لئے تڑپ رہا تھا۔ میز پر چھری کانٹے سے کھانے کے بجائے اکڑوں بیٹھ کر ہپڑ ہپڑ کھانے اور غپ غپ پینے کے لئے ترس رہا تھا۔ بیرے نے سچ کہا ہے کہ نالی کے کیڑے کو عطر دان میں بند کرنا اس کے لئے ہلاک ہوتا ہے۔ اب دیکھنا یہ تھا کہ اسلم پر کیا گزرتی ہے اور نیئر اسلم کو کیا بنا سکتی ہے۔

اس وقت جب دو چار ہاتھ پڑ گئے اور یہ حضرت باقاعدہ پورا موہنہ کھول کر پوری آواز سے رو چکے تو اپنی اس حماقت پر خود نیئر کو خلافِ وضع ہنسی آ گئی۔

نیئر: توبہ ہے میں نے بھی کیا مصیبت اپنے سر لی ہے نہ جانے یہ کم بخت بندر والے اور ریچھ والے کیسے سدھا لیتے ہیں اپنے جانوروں کو۔ یہ کم بخت انسان تو سب سے بڑا جانور ثابت ہوا۔

بیرا: سرکار گستاخی معاف آپ لاکھ اس کو سدھائیں لاکھ سکھائیں پڑھائیں مگر موری کی اینٹ مشکل ہی سے چوبارے چڑھے گی۔

نیئر: خیر تم لوگوں کی ان باتوں سے میں ہمت ہارنے والی نہیں ہوں۔ اگر جنگلی جانور سدھائے جا سکتے ہیں۔ طوطا پڑھایا جا سکتا ہے۔ مینا بول سکتی ہے۔ بندر ڈگڈگی پر ناچ سکتا ہے تو یہ تو پھر بھی انسان ہے۔

بیرا: سرکار یہ لاکھ لکھ پڑھ جائے مگر اصلیت نہیں چھوڑ سکتا۔ سب کچھ سیکھ کر بھی دیکھ لیجیے گا کہ جب اصلیت پر آئے گا تو سارا لکھا پڑھا دھرا رہ جائے گا۔ آپ اس کو اتنے قیمتی کپڑے بنوا کر دیتی ہیں اور وہ ان ہی سے گھبراتا ہے۔ آج ہی اس نے ٹائی اس بری طرح کھولی ہے کہ میں منع کرتا رہ گیا

مگر اس نے کہا کہ یہ تو میرے ساتھ زبردستی ہو رہی ہے۔ مجھ سے کہہ رہا تھا کہ بغیر بیڑی پیئے میرا دماغ چکراتا رہتا ہے۔

نیّر: دماغ چکرانے دو مگر خبردار جو کسی نے اس کو بیڑی دی۔ کچھ دنوں میں ان ہی سگرٹوں اور اسی لباس اور کھانے کا عادی ہو جائے گا۔

بیرا: اب ذرا دیکھ لیجئے اِس پیر کا جوتا اُس پیر میں پہننے کی کوشش کر رہا ہے۔

نیّر: او جانور۔ او گدھے یہ کیا ہو رہا ہے۔ اِدھر آؤ۔ چلو اِدھر۔ یہ جوتا تم نے اِس پیر کا اُس میں کیوں پہنا ہے؟

اسلم: یہ اس پیر کا ہے۔

نیّر: تم کو کس کتنی مرتبہ سمجھایا ہے، تمہارے دماغ میں بھوسا بھرا ہے یا گھاس؟

اسلم: دماغ میں؟

بیرا: کھوپڑی کو کہہ رہی ہیں سرکار۔

نیّر: بیرا اس کو لے جاؤ میرے سامنے سے نہیں تو مارتے مارتے کھال اُتار لوں گی۔ دُور ہو یہاں سے۔

مس روبی کی تربیت اور نیئر کی سرگرمیوں نے اسلم میں حیرت انگیز تبدیلی پیدا کر دی تھی۔ اس کو ٹائی باندھنا آ گئی تھی۔ وہ اب کانٹے کے ہاتھ میں کانٹا اور چھری کے ہاتھ میں چھری لینے لگا تھا۔ وہ سگریٹ ایش ٹرے میں بجھانے کا عادی ہو گیا تھا۔ شیو کرتے ہوئے اب وہ چرکے نہ لگتے تھے جن سے سارا چہرہ لہولہان نظر آئے اور سب سے بڑی بات یہ کہ اب اس کی وہ مرمت نہ ہوتی تھی جس سے وہ خواہ مخواہ مظلوم اور نیئر بلاوجہ نہایت خوف ناک مجنوں نظر آیا کرتی تھی۔ مس روبی کی تربیت کا طریقہ نہایت مشفقانہ تھا جو اسلم کے لئے نہایت کارگر ثابت ہوا۔ وہ اس ماما اور دُلار کے ساتھ اس بوڑھے طوطے کی تربیت میں مصروف تھی گویا وہ ایک اچھی گورنس ہی نہیں بلکہ تعلیم بالغان کی بھی بہت بڑی ماہر ہے اور اسی کے مشورے پر عمل کر کے نیئر نے بھی اپنی سخت گیر پالیسی میں تبدیلی پیدا کر دی تھی بلکہ جب اُس نے مس روبی کے سامنے اپنا دل کھول کر رکھا تو اندازہ ہو سکا کہ وہ نیئر جو اس قدر خوف ناک اور پاگل پن کی حد تک خوں خوار نظر آتی تھی دل ہی دل میں اپنی ان سختیوں پر گھل رہی تھی اور اسلم کے لئے بعض اوقات اس کا دل کس قدر کڑھتا تھا۔ اس نے مس روبی کے سامنے یہاں تک اعتراف کیا کہ اسلم پر سختی کرنے کے بعد میں خود اپنی نظروں سے گر جایا کرتی ہوں اور مجھ کو اسلم ایک ایسا قیدی نظر آنے لگتا ہے جس پر کوئی جھوٹا مقدمہ چلا ہو۔

اور جسے قید بامشقت کی سزا خواہ مخواہ ہوگئی ہو اور میں خود اپنے کو ایک ظالم جیلر محسوس کرتی ہوں۔ اس نے مس روبی سے یہ بھی اقرار کر لیا کہ یہ غصہ کسی اور کا ہے جو بے گناہ اسلم پر اترتا ہے، میں یہ سب کچھ محسوس کرتی ہوں مگر پھر انتقام کے جوش میں یہی سب کچھ کر گزرتی ہوں۔ میں صرف یہ چاہتی ہوں کہ جس آگ میں اس وقت میں جل رہی ہوں اُسی آگ میں مسعود کو جلتا دیکھ کر اپنا دل ٹھنڈا کروں۔ مس روبی بڑی جہاں دیدہ عورت تھی وہ بہت جلد تہہ تک پہنچ گئی اور اب وہ صرف اسلم کی گورنس ہی نہ تھی بلکہ نیّر کی بھی ایک ہمدرد سہیلی ثابت ہو رہی تھی اور اس کی موجودگی نے نیّر پر بھی نہایت خوشگوار اثر کیا تھا۔ اس خوشگوار اثر کی سب سے بڑی وجہ تو یہی تھی کہ اسلم بہت تیزی کے ساتھ آدمی بن رہا تھا۔ چنانچہ اس وقت بھی مس روبی خوشی سے کھلی ہوئی نیّر کے کمرے میں اس طرح آئیں جیسے کوئی عید کے اس چاند کی خبر لایا ہو جو انتیس تاریخ کو یکایک ابر سے نمودار ہو گیا ہو۔

روبی: بی بی۔ یہ دیکھئے۔ اِدھر آؤ اسلم۔ آجاؤ آگے۔ یہ دیکھئے بی بی۔ یہ بو اسلم نے خود باندھی ہے کس قدر پرفکٹ ہے۔

نیّر: جانے بھی دو مس روبی۔ اتنی خوب صورت بو تو بڑے بڑے باندھنے والے بھی مشکل سے باندھ سکتے ہیں۔

روبی: BY GOD انہوں نے خود باندھی ہے۔ مسٹر اسلم تم خود بتاؤ یہ کس نے باندھی ہے۔

اسلم: میں نے خود باندھی ہے۔ میں کھول کر پھر باندھ سکتا ہوں۔

نیّر: بھلا باندھو تو سہی میرے سامنے۔

اسلم: یہ لیجئے ــــــ میں شیشہ دیکھ لوں آپ کا۔؟

نیّر: بڑے شوق سے۔

اسلم: یہ دیکھئے پہلے یہ گرہ لگائی۔ پھر اس سرے کو یوں پکڑا اور اس دوسرے سرے کو اس طرح کیا۔

روبی: شاباش۔ ٹھیک ہے بالکل۔

اسلم: اور اس طرح کس کر درست کرلیا۔

نیّر: ہاں واقعی۔ اسلم تم تو بڑے قابل ہو گئے ہو۔

روبی: ہنسو اس بات پر۔

اسلم: (معمولی سی ہنسی ہنس کر) ہی ہی ہی۔

روبی: نہیں نہیں یہ ہنسی نہیں۔ وہ ہنسی ہنسو جو میں نے تم کو کل سکھائی تھی۔

اسلم: اچھا وہ ہنسی (پھر ہنس کر) ہا۔ ہا۔ ہا

روبی: good یہ موقع اسی قسم کی ہنسی کا تھا۔ آج تو بی بی مسٹر اسلم نے سبق بھی خوب یاد کیا تھا اور آج جب میں صبح ان کو جگانے گئی تو یہ خود شیو کر رہے تھے۔ دیکھ لیجئے آج ان کے گال پر کوئی زخم نہیں پڑا۔

نیّر: زخم کیوں پڑتا اب وہ باقاعدہ صاحب لوگ بن گئے ہیں۔

روبی: اور دیکھئے۔ مسٹر اسلم ؟ Have you got time

اسلم: I don't mind

روبی: نہیں۔ نہیں ـــــ یہ تو تم دوسری بات کہہ گئے۔ اچھا اب بتاؤ Would you like to smoke?

اسلم: Five to four

روبی: نہیں مسٹر۔ تم گھبراتے کیوں ہو۔ گڑبڑ نہ کرو۔ ٹھیک ٹھیک بتاؤ تو آج تم کو موٹر کی ہوا کھلائی جائے گی۔ بی بی۔ آج ہمارے مسٹر اسلم کو سینما ضرور دکھایئے۔ ہاں اب بتاؤ Have you got time?

اسلم: Don't mention

روبی: نہیں مسٹر نہیں۔ میں پوچھ رہی ہوں ٹائم۔ ہاتھ اس طرح سیدھا کرو کہ کوٹ کی آستین اوپر کھسک جائے
پھر کلائی سامنے لاکر گھڑی دیکھو اور میرے سوال کا جواب دو۔؟ Have you got time

اسلم: Five to four

روبی: شاباش۔ مگر یہ جواب مسکرا کر دیا کرو۔ یہ کوئی ڈرنے کی بات نہیں ہے۔ بی بی ابھی یہ سبق کچا ہے
ذرا ایک آدھ دن میں دیکھئے گا کہ یہ فرفر جواب دیں گے۔ مسٹر اسلم اتنے بے وقوف نہیں ہیں جتنے
نظر آتے ہیں۔

نیّر: مگر میں تو چاہتی ہوں کہ خواہ کتنے ہی بے وقوف رہیں مگر نظر بالکل نہ آئیں۔

روبی: یہی ہوگا۔ میں ان کے چہرے کی بے وقوفی برابر کھرچ رہی ہوں۔ مسٹر اسلم Please
give me that book

اسلم: Sorry

روبی: نہیں نہیں۔ بات تو سمجھا کرو میری Please give me that book

اسلم: اچھا وہ بات Don't mention

روبی: بابا۔ میں کہہ رہی ہوں Please give me that book میرے ہاتھ کا
اشارہ بھی تو دیکھو۔ ہاں یہ۔ بس یہ کتاب مجھے دے دو۔ یہی میں کہہ رہی تھی —— ہاں ٹھیک
ہے۔ Thanks

اسلم: Sorry

روبی: پھر وہی۔ میں کہہ رہی ہوں Thanks یعنی شکریہ۔ اب اس کا جواب دو Thanks Sorry

اسلم: اس کا جواب I don't mind

روبی: نہیں مسٹر اسلم یہ تو Will you smoke? یا Will you take a

Would you like some cold drink? یا cup of tea

کا جواب ہے۔ میں کہہ رہی ہوں Thanks - Thanks

اسلم : Thanks ہاں ٹھیک ہے۔ Don't mention

روبی : شاباش۔ اسی طرح پہلے سوچا کرو پھر جواب دیا کرو۔ اچھا اب یہ بتاؤ کہ اگر تم راستہ چلتے میں کسی سے ٹکرا جاؤ۔ جیسے کوئی لیڈی آرہی ہے اور تم اس کے پاس سے گزرے اور اس کا راستہ رُک گیا تو تم کیا کہو گے۔

اسلم : میں کہوں گا۔ Thanks

روبی : نہیں۔ اس موقع پر کہنا چاہیے Sorry ۔ اچھا یہ بتاؤ صبح کے سلام کو کیا کہتے ہیں۔

اسلم : Friday

روبی : Friday صبح کے سلام کو Friday کہتے ہیں؟ بھلا جمعہ کو کیا کہتے ہیں۔

اسلم : جمعہ کو۔ جمعہ کو کہتے ہیں How do you do

روبی : نہیں یاد ہوا کچھ۔ اب میں پھر محنت کروں گی۔ اچھا آپ جاکر اپنی کتاب اٹھائیے اور سبق یاد کیجئے جائیے میں ابھی آکر سنتی ہوں۔

نیّر : کمال کر رہی ہیں آپ مس روبی اتنے ہی دنوں میں آپ نے اسلم کو کیا سے کیا بنا دیا۔

روبی : میں اور کیا کروں۔ دن بھر تو سر کھپاتی ہوں۔ مگر دماغ تو ہے ہی نہیں بے چارے کے پاس۔

نیّر : خیر یہ تو آپ غلط کہہ رہی ہیں۔ آپ کے سوالوں کا جواب غلط ضرور دیا مگر میں تو یہ اندازہ کر رہی تھی۔ کہ اس کو اتنی جلدی انگریزی کے لفظ اور جملے کیسے یاد ہو گئے۔ مجھے تو یہ بھی اُمید نہ تھی۔

روبی : جی نہیں کچھ دنوں میں وہ صحیح جگہ پر صحیح جملے بھی بولنے لگے گا۔ میں زیادہ توجہ زبان پر نہیں دے رہی ہوں بلکہ مینرس سکھانے پر فی الحال میری توجہ ہے۔ آپ نے دیکھا کہ اس وقت وہ کس طرح

آپ کے سامنے جھک کر گیا ہے۔

نیّر: نہیں مس روبی مجھے اب اسلم کی طرف سے کوئی فکر نہیں ہے۔ میری توقع سے بہت زیادہ آپ نے اتنے ہی دنوں میں اس کی اصلاح کر دی ہے۔ میں تو آپ کے اسی کمال کی قائل ہو گئی تھی کہ آپ نے اس کو کنگھا کرنا اور بال بنانا کتنی جلدی سکھا دیا۔

روبی: پتلون کی جیب میں ہاتھ ڈال کر ٹہلنے کی مشق جتنی مشکل تھی اس کے لئے میرا ہی دل جانتا ہے۔ مگر آج دیکھا آپ نے۔

نیّر: کہہ تو رہی ہوں کہ آپ ہر روز مجھ کو کوئی نئی بات دکھا کر پہلے سے زیادہ متحیر کر دیا کرتی ہیں۔

روبی: خیر یہ تو ٹھیک ہو ہی جائیں گے مسٹر۔ مگر اُن کی بھی کوئی خبر ہے جن کے لئے یہ سب کچھ ہو رہا ہے۔

نیّر: مجھے ان کی نہ کوئی خبر ہے نہ میں ان کی خبر رکھنا چاہتی ہوں۔

روبی: بس ذرا خبر لینا چاہتی ہوں۔

نیّر: کمال کی باتیں کرتی ہیں آپ بھی مس روبی۔ میری سمجھ میں تو یہ نہیں آتا کہ باوجود کرسچین ہونے کے آپ اُردو اتنی اچھی کیسے بول لیتی ہیں۔ آپ کو تو آنے مانگتا ہے اور جانے سکتا ہے قسم کی زبان بولنا چاہیئے تھی۔

روبی: یہ زبان تو میں نے کبھی بولی ہی نہیں۔ آپ کو معلوم نہیں شاید میری مدر بھی گورنس تھیں اور ان کے ساتھ ہی مجھ کو ایسے گھرانوں میں رہنے کا موقع ملا جہاں اُردو بولی جاتی تھی۔ میری مدر کی زبان شروع شروع میں یہی تھی، کس مانگ جانے مانگتا ہے۔ بڑا نٹ کھٹ بچہ ہے۔ کدھر جانے سکتا ہے۔

نیّر: مجھ کو تو آپ سے بھی یہی اُمید تھی۔

روبی: جی نہیں۔ میری مدر کی زبان بھی پھر یہ نہیں رہی اور میں نے تو باقاعدہ اُردو پڑھی ہے پھر میں

یہ انگریزی میں اُردو زبان کیسے بولوں۔ مگر بی بی آپ ہیں بڑی چالاک، یہ ذکر چھیڑ کر وہ بات ٹال گئیں جو میں پوچھ رہی تھی۔

نیّر: نہیں مس روبی میں نے کوئی بات ٹالی نہیں ہے، مگر یہ ذکر ہے بہت تکلیف دہ۔ آپ کو میں بتا چکی ہوں کہ مسعود کے لئے میری کتنی معصوم اور ناسمجھ امیدیں جوان ہوئی تھیں اور اُن امیدوں کے ساتھ مسعود نے کیا سلوک کیا۔

روبی: یہ مرد سب کے سب ایسے ہی ہوتے ہیں۔

نیّر: ہاں ٹھیک ہے آپ اپنے ہی قصے لے لیجئے۔ لارنس نے جو سلوک آپ کے ساتھ کیا ہے اس کو آپ شرافت یا انسانیت کہہ سکتی ہیں۔

روبی: مگر دیکھئے نا۔ لارنس کے اس سلوک کے بعد میری محبت تو نفرت سے بدل گئی۔

نیّر: تو کیا آپ کے خیال میں مجھے مسعود سے نفرت نہیں ہے۔ میں اس کو انتہائی ابن الوقت خودغرض اور احسان فراموش سمجھتی ہوں۔

روبی: مگر آپ کو مسٹر مسعود سے نفرت نہیں ہے۔

نیّر: نہیں مس روبی مجھ پر یہ الزام نہ لگایئے۔ مجھے واقعی مسعود سے شدید نفرت ہے۔ اس کا خیال یا اس کا ذکر آتے ہی مجھے ایسا غصہ آتا ہے کہ میں بیان نہیں کرسکتی۔ میں نے اس غصے سے پاگل ہو ہو کر بے چارے اسلم کے ساتھ وہ سلوک کیا ہے جس پر میں اپنے آپ کو کبھی معاف نہیں کرسکتی۔

روبی: بی بی۔ اپنے کو دھوکہ نہ دیجئے۔ یہی ثبوت ہے اس بات کا کہ آپ مسعود سے نفرت نہیں کرتیں البتہ محبت جو پھول کی طرح کھلنا چاہتی تھی شعلوں کی صورت میں بھڑک اٹھی ہے۔ یہ آگ بھی نفرت کی نہیں بلکہ محبت کی آگ ہے۔

نیّر: یہ غلط ہے۔ مس روبی میں قسم کھا کر کہہ سکتی ہوں کہ آپ غلط سمجھی ہیں۔ مجھے مسعود سے ان حالات میں محبت تو ہو ہی نہیں سکتی۔

روبی: اچھا ایک بات بتایئے۔ آپ اسلم کے لئے اتنی محنت کیوں کر رہی ہیں۔

نیّر: تاکہ وہ مہذب بن کر میرے ساتھ میری سوسائٹی میں جگہ پا سکے۔

روبی: اپنی سوسائٹی میں اسلم کو آپ کیوں پیش کرنا چاہتی ہیں۔ کیا صرف اس لئے نہیں کہ آپ کی اور مسٹر مسعود کی ایک ہی سوسائٹی ہے اور آپ اپنے ساتھ اسلم کو رکھ کر مسٹر مسعود کو جلانا چاہتی ہیں۔

نیّر: جلانا نہیں بلکہ آئینہ دکھانا چاہتی ہوں کہ تمہاری حیثیت بھی اس خانہ بدوش سے زیادہ اور کچھ نہیں ہے۔ میرے باپ نے تمہارے سر پر ہاتھ رکھ کر تم کو آج اس قابل بنایا ہے کہ تم بھی اپنے کو آدمی سمجھ رہے ہو حالانکہ یہ تمہاری کوئی ذاتی خصوصیت نہ تھی بلکہ تم کو وہ ماحول مل گیا تھا جس نے تم کو اس طرح نکھار دیا جس طرح یہ اسلم نکھرا ہوا نظر آ رہا ہے۔

روبی: بی بی۔ یا تو آپ مجھ کو غلط سمجھا رہی ہیں یا خود اپنے کو آپ نے ایک غلط بات سمجھا رکھی ہے۔ اسلم کی اس تربیت اور اس تربیت میں آپ کے اس انہماک کی صرف ایک وجہ ہے اور وہ یہ کہ جس طرح طلعت کو ساتھ رکھ کر وہ آپ کو جلا رہے ہیں اسلم کو ساتھ رکھ کر آپ ان کو جلائیں۔

نیّر: ہاں میں جھوٹ نہ بولوں گی یہ بھی ایک جذبہ ہے۔

روبی: یہ بھی ایک جذبہ ہے نہ کہئے بلکہ یہی ایک جذبہ ہے کہئے اور یہ اس لئے محبت کی چغلی کھا رہا ہے کہ آپ مسٹر مسعود کی طرف سے ایک بے چینی میں مبتلا ہیں آپ ان کو بھول نہیں سکتیں آپ ان کو صبر نہیں کر سکتیں آپ ——

نیّر: مس روبی۔ خدا کے لئے ایسی باتیں نہ کہئے کہ جس شیریں یادگار کو میں تلخ بنانے کی کوشش

کررہی ہوں وہ پھر اپنی تلخیاں چھوڑ دے۔

روبی : یہ ـــــ یہ ـــــ یہی تو میں کہہ رہی تھی۔ مگر بی بی ذرا بات سمجھنے کی کوشش کیجئے۔ جو سزا آپ مسعود کو دینا چاہتی ہیں اس کا مسعود پر کیا اثر ہوگا۔ آپ تو اپنی دل کی لگی سے مجبور ہیں مگر وہ تو آپ سے محبت نہیں کرتے کہ آپ ان کو جلائیں اور وہ جل جائیں۔

نیّر : جی نہیں مجھ کو یہ معلوم ہے کہ مسعود اپنے کو دھوکہ دے رہا ہے۔ وہ دنیا میں کسی اور سے محبت کر ہی نہیں سکتا اور اس کو اپنی محبت کا اسی وقت اندازہ ہوگا جب وہ اسلم کو میرے ساتھ دیکھ کر اپنی روح میں ایک کرب پائے گا اس کی نیندیں بھی میری طرح اڑیں گی۔ اس کی ہر کروٹ میں بھی کانٹے بچھ جائیں گے۔ اور اس کو بھی یہ دنیا ایک دہکتا ہوا جہنم محسوس ہوگی۔

روبی : شاید ایسا ہو سکے مجھے تو یقین نہیں بی بی۔

نیّر : جی نہیں یہی ہوگا اور پھر میں قہقہے لگاؤں گی۔ اپنی فتح کے پرچم اڑاؤں گی۔ اسلم کو اس کے لئے اور بھی صبر آزما بناؤں گی۔ وہ جتنا جتنا بے قرار ہوگا اتنا ہی مجھ کو سکون حاصل ہوگا۔

روبی : معاف کیجئے گا میرے خیال میں تو یہ کچھ بھی نہ ہو سکے گا۔ البتہ اگر طلعت یہ کرتی جو آپ کررہی ہیں تو شاید مسعود کا وہی حال ہوتا جو آپ سمجھ رہی ہیں۔

بیرا : (آتے ہوئے) مس صاحب جلدی چلئے۔ اسلم نے دوات اپنے اوپر گرا کر سارا پتلون غارت کرکے رکھ دیا۔

روبی : اوہ ـــــ ایڈیٹ

نیّر : مس روبی ڈانٹئے گا نہیں غلطی سے گر گئی ہوگی۔ ٹھیرئے میں بھی آرہی ہوں۔

بیرا : (جاتے ہوئے) ہم بولنے والے کون۔ پر جانوروں کو آدمیوں کے کپڑے پہنانے کا یہی نتیجہ ہوتا ہے۔ کتنا قیمتی پتلون تھا۔

روبی : (قریب آتے ہوئے) یہ کیا کیا آپ نے۔ چچ چچ چچ۔ سلا پتلون خراب کر دیا نا۔

اسلم : دوات خود ہی گر پڑی ایک دم سے۔

نیّر : خیر کوئی بات نہیں۔ بیرا اس کو تازہ دودھ سے فوراً صاف کر دو۔ دودھ سے روشنائی اتر جاتی ہے۔

روبی : میں خود صاف کرتی ہوں۔ بیرا تم دودھ لاؤ۔

بیرا : (جاتے ہوئے) ناک میں دم کر دیا ہے اس زنگروٹ نے اور بھی۔ اور پہنائے جائیں اسے ریشمی پوشاکیں۔ اور پھر یہ لاڈ یہ دُلار۔ واہ رے زمانے۔

مس روبی نے نیّر کے اس آتش فشاں جنوں کو تو سرد کر دیا تھا جس کی بدولت اسلم کی ہر وقت شامت آتی رہتی تھی مگر اس خوش فہمی کو باوجود انتہائی کوشش کے دُور نہ کر سکی کہ اسلم کو دیکھ کر اور اسلم کے ساتھ اس کے خوش گوار سلوک کو دیکھ کر مسعود آگ کے انگاروں پر لوٹے گا۔ مس روبی نہایت صحیح نتیجے پر پہنچی تھی کہ مسعود بھلا کیوں جلنے لگا مگر نیّر کی اس خود فریبی کا کیا علاج کہ اس کو اسی دن کا انتظار تھا۔ اور یہ دن اس کے خیال میں روز بروز اس کے قریب آرہا تھا ——— مگر آج مس روبی نے جو چند صاف صاف باتیں اس سے کی تھیں ان کا مس روبی کو تو اس نے جواب دے دیا تھا مگر خود تھوڑی تھوڑی دیر کے بعد وہ اُن ہی خیالات میں گم ہو جایا کرتی تھی۔ چنانچہ اس وقت بھی مس روبی تو دودھ سے پتلون صاف کرتی رہیں اور نیّر بیٹھے ہی بیٹھے ان ہی خیالات میں گم ہو گئی اور چونکی تو اس وقت چونکی جب مس روبی نے ایک دوسرا پتلون اسلم کے لئے نکال کر اس کو دیتے ہوئے کہا :

روبی : اب اس کو پہن کر اس نہ مارنا مسٹر یہ بہت ہی قیمتی کپڑے کا پتلون ہے۔

نیر : مس روبی یہ پتلون نہ دیجئے، کوئی اور دے دیجئے۔ بیرا یہ پتلون مس روبی سے لے کر میرے کمرے میں رکھ آؤ۔

بیرا : یہ پتلون تو شاید چھوٹے صاحب۔ میرا مطلب یہ کہ ______

نیر : بکواس بند کرو۔ تم لوگوں کو خواہ مخواہ کی باتیں کرنے کا نہ جانے کیا شوق ہے۔ لاؤ مجھ کو دو میں خود لئے جاتی ہوں۔ اور یہ کہہ کر نیر نے وہ پتلون بیرے کے ہاتھ سے لے لی اور وہاں سے چلی گئی۔ اس کو جاتا ہوا مس روبی نے خاص نظروں سے دیکھا اور جب وہ کمرے میں چلی گئی تو بیرے سے پوچھا۔

روبی : چھوٹے صاحب سے تمہارا مطلب کیا تھا۔

بیرا : آپ نہیں جانتیں ان کو۔ آپ کے آنے سے بہت پہلے وہ یہاں سے جا چکے ہیں۔

روبی : نہیں میرا مطلب یہ ہے کہ تم مسٹر مسعود کو تو نہیں کہہ رہے ہو۔

بیرا : جی ہاں وہی۔ مگر آپ کو کیسے معلوم۔ کیا آپ ان کو جانتی ہیں۔

روبی : میں نے ان کا نام سنا ہے۔ اچھا دیکھو بیرا۔ کل میرے ساتھ بیٹھ کر اسلم کے کپڑوں میں سے مسٹر مسعود کے تمام کپڑے الگ کرا لینا میں نہیں چاہتی کہ ان کا کوئی کپڑا اسلم کے استعمال میں آئے۔

بیرا : مس صاحب چاہتا تو میں بھی یہی تھا مگر میری سنتا کون ہے۔ البتہ آج یہ نئی بات ہوئی ہے کہ خود سرکار نے اس پتلون کو اسے پہننے نہ دیا۔ نہ جانے یہ کیا قصہ ہے۔

مس روبی نے اس کا جواب دینا ضروری نہ سمجھا۔ وہ بیرے کو کیا بتاتیں کہ اب نیر کے دل سے رفتہ رفتہ وہ نفرت کا ملمع اتر رہا ہے جو محبت پر چڑھایا گیا تھا اور وہ خود نہیں چاہتی کہ

مسعود کی کوئی چیز اسلم کے استعمال میں آئے۔ وہ لاکھ کہے کہ اس کو محبت نہیں ہے مگر خدا بچائے اس محبت سے جو نفرت کا روپ دھارلے۔

ہلکے موسیارنگ کے بُش شرٹ۔ دودھ سے زیادہ سفید مکھن زین کا بے شکن پتلون۔ سفید موزے اور سفید ہی جوتا پہنے جو خوش وضع جامہ زیب نوجوان اس وقت نواب ممتاز الدولہ کے ایوان کے سبزہ زار پر نہایت وقار سے ٹہل ٹہل کر سگریٹ پی رہا ہے، کون پہچان سکتا ہے کہ یہ وہی خدا بخش ہے جس کو مسعود کی ضد پر نیر اپنے یہاں لائی اور جس کو اسلم یا بقول مس روبی کے مسٹر اسلم بنانے کے لئے اس نے کیا کیا جتن کئے اور واقعی یہ یقین آنے کی بات بھی نہیں کہ ایک خالص جانگلو اس قدر جلد اپنی ہیئت ہی بدل دے گا۔ اب اس کو خواہ نیر کی مجنونانہ کوشش کا نتیجہ کہئے یا مس روبی کی تربیت کی کرامت مگر یہ واقعہ ہے کہ آج کے اسلم کو دیکھ کر کسی کو یہ یقین دلانا آسان نہیں کہ کل یہی حضرت خدا بخش رہ چکے ہیں اور نہایت اعلیٰ درجے کے خدا بخش لباس اور وضع قطع میں اصلاح تو خیر پہلے ہی دن ہو گئی تھی مگر یہ لباس مدتوں ان حضرت پر تہمت نظر آتا رہا اور ان کو دیکھنے والا زیادہ سے زیادہ یہ کہہ سکتا تھا کہ " خطِ زشت است کہ بہ آبِ زر نوشتہ " مگر اب تو ان کا رنگ ہی کچھ اور ہے۔ چہرے پر وحشت کی جگہ ایک دبدبہ ہے، چال ڈھال میں ایک خود اعتمادی ہے اور حیرت ہوتی ہے ان حضرت کے چہرے پر غور و فکر کے آثار دیکھ کر کہ گویا یہ بھی کچھ سوچ سکتے ہیں۔ مگر وہ تو اس طرح گہری فکر میں محو ہیں گویا کسی نہایت ہی پیچیدہ مقدمے کا جناب کو فیصلہ لکھنا ہے۔ یا کوئی اہم

سیاسی دستور مرتب فرما رہے ہیں ورنہ کم سے کم غزل تو کہہ ہی رہے ہیں۔ اللہ ری محویت کہ آپ کو مس روبی کی آمد کی خبر تک نہ ہوئی اور جب اس نے مخاطب کیا تو آپ ایک دم چونک پڑے۔

اسلم : مجھے آپ کے آنے کی خبر تک نہ ہوئی مس روبی۔

مس روبی: آج کل بہت کھوئے کھوئے سے رہنے لگے ہیں آپ مسٹر اسلم۔

اسلم : جی ہاں مجھے خود محسوس ہوتا ہے کہ جیسے میں کھو گیا ہوں۔ جیسے مجھے کسی نے خود مجھ ہی سے چھپا دیا ہے۔ میں صرف یہ معلوم کرنا چاہتا ہوں کہ میں کیا ہوں۔

مس روبی، بڑی فلسفیانہ باتیں کرنے لگے ہیں آپ تو۔ آپ مسٹر اسلم ہیں اور کیا ہوتے۔

اسلم ، مس روبی آپ خواہ کچھ بھی کہیں مگر میں وہ نہیں ہوں جو نظر آ رہا ہوں۔ میں سب کچھ سمجھ سکتا ہوں مگر خود اپنے کو سمجھنے سے مجبور ہوں۔

مس روبی ، آپ ان باتوں پر غور ہی کیوں کرتے ہیں۔

اسلم : اس لئے غور کرتا ہوں کہ مجھے غور کرنے کے قابل بنا دیا گیا ہے۔ آپ نے مجھے غور کرنے کے قابل بنایا ہے۔ نیر نے مجھے غور کرنے کے قابل بنایا ہے۔ اب میری آنکھیں کھولنے کے بعد آپ یہ چاہتی ہیں کہ میں خود اپنے کو نہ دیکھ سکوں۔

مس روبی: نہیں نہیں آپ ضرور دیکھئے اپنے کو۔ آپ کو یہی تو معلوم کرنا ہے کہ اس گھر میں آپ کی حیثیت کیا ہے۔ آپ اس گھر کی مالکہ کے دوست ہیں۔

اسلم : میں نے اپنے کو یہ یقین دلانے کی بھی کوشش کی مگر میرا خیال ہے کہ یہ غلط ہے۔ میں اس گھر کی مالکہ کا دوست نہیں ہوں۔

مس روبی: یہ آپ کو کیسے خیال ہوا۔

اسلم جو بات آپ کو خود معلوم ہے وہ مجھ سے کیوں پوچھ رہی ہیں۔ کیا آپ کو نہیں معلوم کہ نیر مجھ کو اپنا

بہترین دوست بناکر سب کے سامنے پیش کرتی ہیں۔ سب کے سامنے مجھ سے ایسی میٹھی باتیں کرتی ہیں کہ میں حیران رہ جاتا ہوں اور جب تنہائی میں ان کا خشک بے تعلق اور بے گانہ رنگ دیکھتا ہوں تو پھر اپنی اوقات پر آجاتا ہوں۔

مس روبی، خدا خیر کرے آپ تو کچھ مچلے ہوئے سے معلوم ہوتے ہیں۔ بی بی کی میٹھی باتوں سے خوش ہونا اور پھر خشک برتاؤ سے رنجیدہ ہوکر کچھ سوچنے لگنا یہ آثار تو اچھے نہیں۔

اسلم : یہ آثار اچھے ہوں یا برُے مگر یہ تماشہ کیا ہے آخر۔

مس روبی، اسلم صاحب آپ صرف اتنا سمجھ لیجئے اور یہی سمجھ لینا آپ کے لئے کافی ہے کہ آپ ایک بڑے گھر میں بڑے آدمیوں کی سی زندگی بسر کررہے ہیں۔ یہ لباس، یہ ٹھاٹھ اور یہ شان و شوکت صرف اس بات کا معاوضہ ہے کہ آپ اپنے متعلق کچھ نہ سوچیں۔

اسلم : میں اپنے متعلق بھی کچھ نہ سوچتا مس روبی مگر میں بھی آخر انسان ہوں۔

مس روبی: بابا تم انسان نہیں ہو بلکہ کسی وجہ سے انسان بنائے گئے ہو۔ اب کیوں مجھ سے صاف صاف سننا چاہتے ہو۔

اسلم : مجھ کو یہ شکایت نہیں ہے کہ مجھے انسان کیوں بنایا گیا ہے۔ شکایت یہ ہے کہ انسان بناکر اب کھلونا کیوں بنایا جارہا ہے۔ آپ کو معلوم ہے کل میرے ساتھ کیا سلوک ہوا۔ کرنل شیخ سے کل مجھے ملایا گیا اور اس انداز سے ملایا گیا کہ گویا میں ہی نیر کے لئے سب کچھ ہوں۔ میری تعریفوں کے پل باندھے گئے۔ میری ہر بات پر نیر پھول کی طرح کھلی جاتی تھیں۔ پھول پر یاد آیا گل دان سے ایک پھول نکال کر میرے کوٹ میں اس طرح لگایا کہ میں جھوم اٹھا۔ یا تو یہ شوراشوری یا یہ بے نمکی کہ اب جو کرنل شیخ وغیرہ گئے ہیں تو میں نے صرف یہ پوچھا کہ آپ آخر مجھ کو کانٹوں میں کیوں گھسیٹتی ہیں تو نہایت سپاٹ انداز سے ڈانٹ دیا کہ بکومت اور اس طرح چل دیں کہ گویا صاحب بہادر

ہی نہ تھی۔

مس روبی، (ہنس کر) اچھا تو آپ یہ سمجھتے تھے کہ آپ کے کوٹ میں پھول لگا کر نیر بی بی گلے کا ہار ہی بن گئی ہیں۔

اسلم، تو پھر یہ سب کیا تھا۔ آپ کو نہیں معلوم کہ نیر کے دوستوں کے تمام حلقے میں یہ سمجھا جا رہا ہے کہ میں گویا ـــــ یعنی میرا مطلب ہے کہ۔۔۔۔

مس روبی: سوسائٹی میں آپ منگیتر سمجھے جا رہے ہیں یعنی نیر بی بی کے مرکزِ انتخاب یہ درست ہے۔

اسلم: حالانکہ یہ واقعہ نہیں۔ مجھے اچھی طرح معلوم ہے کہ یہ واقعہ نہیں ہے، آپ بھی جانتی ہیں کہ یہ واقعہ نہیں ہے۔

مس روبی: یہ بھی درست ہے کہ یہ واقعہ نہیں ہے۔

اسلم: مگر مس روبی میں بھی تو آخر انسان ہوں میرے سینے میں بھی آخر دل ہے۔

مس روبی: باپ رے باپ، تو کیا تمہارے دل میں کچھ ہونے لگا ہے۔ تمہارے سینے میں دل ہرگز نہ ہونا چاہئے۔ یہ دل کیسے پیدا ہو گیا تمہارے سینے میں۔

اسلم، کمال کرتی ہیں آپ یعنی ایک خوب صورت لڑکی محبت چھڑ کے۔ عشق بگھارے۔ سب کے سامنے لگاوٹ کی باتیں کرے اور میرے دل کو کچھ نہ ہو ـــــ

مس روبی، مرے اب تم سڑے موت اگر نیر بی بی کو خبر بھی ہو گئی تو مرغا بنا دئے جاؤ گے۔ اپنے حواس میں رہو۔

بیرا: (آتے ہوئے) مس صاحب بی بی یاد کرتی ہیں۔

مس روبی، کیا کوئی آیا ہے۔

بیرا، کچھ لوگ آئے تو ہیں۔ اب آپ جائیں تو پتہ چلے کہ چائے کب لگائی جائے گی۔

نیر کے یہاں آج کرنل شیخ اور چند دوسرے احباب کی چائے تھی۔ کرنل شیخ سے اسلم کو پہلے بھی ملایا جا چکا تھا اور آج چائے پر ان کو بلانے کا مقصد بھی یہی تھا کہ ذرا تفصیلی ملاقات ہو سکے گی۔ قصہ دراصل یہ ہے کہ کرنل شیخ دراصل مسعود کے دوست ہیں۔ ساتھ کے پڑھے ہوئے اور ہر وقت کے اٹھنے بیٹھنے والے نیر کو چوں کہ معلوم تھا کہ کرنل شیخ مسعود سے اب بھی برابر ملتے رہتے ہیں اس لئے مسعود تک اسلم کی خبریں پہنچا کر اُسے جلانے کے لئے وہ بار بار اسلم کو کرنل شیخ سے ملا رہی تھی۔ اُدھر کرنل شیخ کو مسعود سے معلوم ہو چکا تھا کہ یہ اسلم صاحب ہیں کیا۔ مگر وہ ایک ہی گھُنّا ہوا۔ اس نے نیر کو ہوا بھی نہ لگنے دی کہ مسعود نے اسلم کا اصل تعارف اس سے کرا دیا ہے اور اسلم کا سارا حدود اربعہ کرنل شیخ کو معلوم ہو چکنے کے بعد اب اگر حیرت تھی تو صرف یہ کہ مسعود نے اس کو یہ بتایا تھا کہ یہ اسلم ابھی سات آٹھ ماہ پہلے تک نہایت بے مرمت قسم کا جانور تھا اور کرنل شیخ اب اس کو نہایت ترشا ترشایا ہوا مہذب انسان دیکھ رہے تھے جو نہ صرف باقاعدہ باتیں کر سکتا تھا بلکہ جس کے چہرے کے ہر اتار چڑھاؤ سے یہ اندازہ بھی ہوتا تھا کہ اس کو اپنی موجودہ حالت کا احساس بھی ہے۔

ایک جاہل کو پوری توجہ کے ساتھ اتنا پڑھایا بھی جا سکتا ہے اور اسی مدت میں پڑھایا جا سکتا ہے۔ ایک گنوار کو اسی مدت میں تربیت دے کر مہذب بھی بنایا جا سکتا ہے مگر کرنل شیخ کی سمجھ میں یہ بات نہ آتی تھی کہ یہ لطیف احساسات اس میں کہاں سے پیدا ہو گئے۔ طوطے کو خواہ کتنا ہی پڑھایا جائے مگر وہ طوطا رہتا ہے مگر اسلم کو دیکھ کر کرنل شیخ کی سمجھ میں کسی طرح یہ بات نہ آ سکی کہ اس میں وہ باتیں کہاں سے آ گئیں جو تعلیم اور تربیت سے حاصل نہیں ہوتیں۔ کرنل شیخ سنجیدگی سے اس معمے کو حل کرنا چاہتے تھے اور ان کو اسلم کے معاملے میں کچھ دال میں کالا نظر آ رہا تھا اور یہی وجہ تھی کہ وہ ایک مرتبہ ملنے کے بعد اس سے پھر ملنا چاہتے تھے چنانچہ نیر نے آج ان کو باقاعدہ چائے پر مدعو کر لیا تھا اور وہ یہاں آنے کے بعد اسلم سے ملنے کے لئے بے قرار تھے۔

کرنل شیخ: بھئی نیر تم کو معلوم ہے کہ میں تم سے زیادہ اسلم صاحب سے ملنے آیا ہوں اور تم نے ان ہی کو غائب کر رکھا ہے۔ اس کا اطمینان کر لو کہ ان میں جو لعل جڑے ہیں وہ میں ہرگز نہ توڑوں گا۔

نیر: میں خود حیران ہوں وہ گئے کہاں۔ عجیب من موجی آدمی ہیں۔ نہایت سخت قسم کے آرٹسٹ۔ اگر کسی پھول کی خوش رنگی نے ان کو اپنی طرف متوجہ کر لیا تو گھنٹوں اسی میں کھوئے رہیں گے دیکھئے ان کی سراغ رساں آگئیں ان سے پوچھتی ہوں ——— مس روبی اسلم کہاں ہیں۔

مس روبی: وہ تو اُدھر لان پر ٹہل رہے ہیں۔

کرنل شیخ: ہاں صاحب یہ بھی کوئی بات ہے بھلا کہ خانہ بہ مہمان گزاشت یعنی ہم ان سے ملنے آئے ہیں اور وہ لان پر ٹہل رہے ہیں۔ لیجئے رفیق اور جلال بھی آگئے۔

رفیق: آداب بجالاتا ہوں۔

جلال: کیوں حضور کرنل صاحب بہادر میں نہ کہتا تھا کہ سب سے پہلے آپ پہنچیں گے۔ نیر یہ کس وقت آئے ہیں بھلا۔

نیر: دس منٹ ہوئے ہوں گے۔

رفیق: پھر تو کوئی بات نہیں ہم لوگوں کو اندیشہ تھا کہ یہ شام کی چائے کے لئے لنچ پر نہ پہنچ جائیں۔ بہت پیشگی قسم کے آدمی ہیں۔ اور بھئی کہاں ہیں وہ مہمانِ خاص۔

جلال: مہمان یا میزبان کی قسم کی کوئی چیز۔

کرنل شیخ: بیٹھو تو سہی وہ بھی آتے ہیں۔

نیر: میں خود لاتی ہوں ان کو۔ مس روبی ذرا بات سنئے۔

نیر اور مس روبی کے جانے کے بعد ادھر احباب میں یہ کھچڑی پکنا شروع ہوگئی کہ سب بغور اسلم کا مطالعہ کر کے یہ اندازہ کرنے کی کوشش کریں کہ اسلم دراصل ہیں کیا۔ اُدھر مس روبی نے نیر کے

اسلم تک پہنچنے سے پہلے ہی یہ بتادینا ضروری سمجھا کہ اسلم کا آج موڈ گیا ہے اور کہیں یہ موڈ آج کی پارٹی ہی کا ناس نہ ماردے۔

نیتر: کدھر ہیں اسلم۔

مس روبی: وہ تو خیر اُدھر ہیں مگر بی بی آج تو ہماری بلی ہم ہی سے میاؤں کہنے لگی ہے۔

نیتر: کیا مطلب۔کیا کچھ ڈانٹ دیا ہے آپ کو۔

مس روبی: مجھ کو ڈانٹ دیتے تو کوئی پرواہ نہ تھی مگر ان پر تو نہایت خطرناک دورہ پڑا ہے وہ تو کچھ آپ کی خوب صورتی وغیرہ پر سنجیدگی سے غور کرنے لگے ہیں۔

نیتر: کیا ــــــ یہ کیا مذاق ہے۔آپ کو بھی جو سوجھتی ہے ایسی ہی سوجھتی ہے مس روبی۔

مس روبی: میں سچ کہہ رہی ہوں بی بی وہ تو کچھ بڑے عاشق زار بنے ہوئے سبزہ زار پر ٹہل رہے ہیں۔میں گئی تو لگے مجھ سے سمجھ داری کی باتیں کرنے کہ میں نیتر کے دوستوں کے ملقے میں جو کچھ سمجھا جا رہا ہوں وہ کیوں نہیں ہوں۔

نیتر: یہی ڈر تھا مجھے کہ ہینڈ کی کو زکام کی شکایت نہ ہو جائے۔

مس روبی: بہت سخت زکام ہوا ہے وہ تو یہاں تک کہتے ہیں کہ میرے سینے میں بھی آخر دل ہے۔

نیتر: چلو چھٹی ہوئی۔میں پوچھتی ہوں شامت تو نہیں آئی ہے ان حضرت کی۔

مس روبی: اول تو اس میں اُس بے چارے کا کوئی قصور نہیں ہے۔دوسرے یہ وقت غصہ کرنے کا نہیں ہے ورنہ آپ کی پارٹی ناس ہو کر رہ جائے گی۔اس وقت تو اسلم کو بہلا پھسلا کر کام نکالئے۔

نیتر: خیر اتنی بے وقوف تو میں بھی نہیں ہوں کہ اس وقت بات بڑھاؤں مگر مس روبی اگر اسلم یکا یک اس قدر ہوشیار ہو گیا ہے تو یہ قصہ کتنے دن چل سکے گا۔

مس روبی: ان باتوں پر بعد میں غور کیجیے گا فی الحال تو ان کو لے جایئے پارٹی میں ــــــ وہ دیکھئے

تشریف لا رہے ہیں۔

نیر : (آواز دے کر) اسلم۔ کہاں پھر رہے ہو میں ڈھونڈتی پھر رہی ہوں تمہیں۔

اسلم : (قریب آتے ہوئے) میں تو یہیں تھا۔ ادھر ٹہل رہا تھا۔

نیر : کرنل شیخ، رفیق، جلال سب آچکے ہیں تم کو پوچھ رہے ہیں۔

اسلم : تو چلئے میں حاضر ہوں۔

نیر : پھر تم نے اس قدر فرماں بردار اور سعادت مند بننے کی کوشش کی۔ یہ کیا ہوتا جا رہا ہے تم کو اسلم میں تم کو صرف بے تکلف دوست دیکھنا چاہتی ہوں۔

اسلم : آپ دیکھنا نہیں چاہتی ہیں دوسروں کو دکھانا چاہتی ہیں کہ میں آپ کا نہایت بے تکلف دوست ہوں۔

نیر : فضول باتیں نہیں کیا کرتے اسلم۔ کاش تم کو معلوم ہوتا کہ میں بھی کچھ مجبور ہو سکتی ہوں۔

اور اسلم ایک مرتبہ پھر صرف اسی ایک فقرے سے وہ تمام تلخیاں بھول گیا جو اس کو اندر ہی اندر لغاوت اور انقلاب پر آمادہ کر رہی تھیں۔ اس نے نیر کی مجبوری وہ مجبوری جس کی طرف اس نے ایک مبہم سا اشارہ کیا تھا اس کی آنکھوں میں دیکھ لی اور وقتی طور پر سہی مگر اس کا غم غلط ضرور ہو گیا بلکہ وہ کچھ منفعل سا ہو گیا کہ اس نے نیر کے متعلق ایسی بات سوچی ہی کیوں۔ وہ نیر کے ساتھ اس محفل کی طرف روانہ ہوا جہاں وہی ان سرگوشیوں کا موضوع تھا جو احباب کے درمیان جاری تھیں۔

کرنل شیخ : نہیں بھئی یہ تو ناممکن ہے کہ یہ اسلم وہی ہو جو ظاہر کیا گیا ہے۔

جلال : گویا آپ کا خیال یہ ہے کہ اسلم دراصل سب کو بے وقوف بنا رہا ہے۔

رفیق : ممکن ہے وہ بے وقوف نہ بنا رہا ہو خود نیر بن رہی ہو۔

کرنل شیخ : سو باتوں کی ایک بات یہ ہے کہ تعلیم اور تربیت وہ سب کچھ کسی کو نہیں سکھا سکتی جو وہ بیچا ایک سیکھ گیا ہے۔

جلال : وہ لوگ آرہے ہیں شاید۔

نیر : (آتے ہوئے ، دیکھئے میں نے کہا تھا ناکہ آرٹسٹ کسی رنگین تصور میں گم ہوگا۔ جناب سبزہ زار پر سبزۂ بے گانہ سے اس کی بے گانہ وشی کی شکایت کر رہے تھے۔

کرنل شیخ : تشریف لائیے اسلم صاحب۔ تعارف کی چنداں ضرورت نہیں آپ سب ہی سے مل چکے ہیں۔

اسلم : جی ہاں نیاز حاصل ہو چکا ہے۔ معاف کیجئے گا مجھے آپ حضرات کے تشریف لانے کی خبر نہ ہوتی۔

نیر : خبر اس کو ہوتی ہے جو باخبر رہنا چاہے۔

کرنل شیخ : بھئی اسلم صاحب معاف کیجئے گا اس جسارت کو آپ کے متعلق یہ تو طے ہے کہ بڑا شاعرانہ مزاج پایا ہے اور شبہ یہ ہے کہ شاید کچھ کہتے بھی ہوں۔

نیر : کون یہ ؟ ان کو تو شعر و شاعری سے اس قدر نفرت ہے کہ میں کیا کہوں۔ کہتے ہیں کہ جو کہہ دیا جائے۔ جو ادا ہو جائے اور جو الفاظ کی شکل میں ڈھل جائے وہ شعر ہو ہی نہیں سکتا۔

رفیق : یہ کیا بات ہوتی اسلم صاحب ذرا وضاحت فرمائیے۔

نیر : ان کا مطلب یہ ہے کہ . . . .

کرنل شیخ ، بھئی ہم اسلم صاحب سے پوچھ رہے ہیں اور بول رہی ہیں بیچ میں آپ۔

جلال : جی ہاں گویا اسلم صاحب کی ترجمان خاص ہیں آپ۔

رفیق : آپ خود بتائیے اسلم صاحب۔

اسلم: میں صرف یہ عرض کر سکتا ہوں کہ میں شعر نہیں کہتا۔
نیر: بھئی چائے کی میز پر چلئے وہیں مفصل باتیں ہوں گی۔

نیر کو اسلم کی طرف سے لاکھ اطمینان سہی مگر وہ ڈرتی ہی رہتی تھی کہ خدا جانے کس وقت وہ کیا بات کہہ بیٹھے۔ وہ ایسے ہر موقع پر دخل درمعقولات شروع کر دیتی جب مخاطب براہ راست اسلم ہو۔ مگر آج تو یہ حضرات طے ہی کر چکے تھے کہ اسلم کا اچھی طرح جائزہ لیں گے۔ مگر جب اس کا حسب دل خواہ موقع نہ مل سکا تو کرنل شیخ نے اسلم کو اپنے یہاں مدعو کیا اور اس بہانے سے مدعو کیا کہ یہ خالص مردانہ پارٹی ہے۔ نیر نے اس موقع پر بھی مداخلت بے جا کی کوشش کی مگر اس کی کچھ پیش نہ گئی اور اسلم نے وعدہ کر لیا کہ وہ اس پارٹی میں ضرور شرکت کرے گا۔ مگر اس وعدے کے باوجود یہ لوگ آج کی محفل میں بھی اسلم کو کچھ نہ کچھ ٹٹول لینا ہی چاہتے تھے۔ جب اسلم یہ وعدہ کر چکا تو کرنل شیخ نے کہا "مگر اسلم صاحب معاف کیجئے گا یہ معلوم ہو جانے کے بعد بھی کہ آپ کو شعر و شاعری سے نفرت ہے میں آپ کے تنہا جانے کے متعلق نیر کو اس وقت ایک شعر سنانا چاہتا ہوں کہ:

لازم ہے دل کے ساتھ رہے پاسبانِ عقل ٭ لیکن کبھی کبھی اسے تنہا بھی چھوڑ دے

اسلم نے کہا " تو گویا آپ ان کو پاسبانِ عقل قرار دے رہے ہیں حالانکہ میں ان کو عقل بان سمجھتا ہوں"
نیر نے تالی بجا کر کہا" بہت خوب کہا آپ نے۔ سُن لیجئے حضور کرنل صاحب بہادر گاڑی بان۔ فیل بان کی قسم کی چیز عقل بان آج ہی آپ نے سنی ہوگی۔
رفیق نے کہا " بہرحال اسلم صاحب ہم کو آپ کی عقل یا آپ کے عقل بان کی اتنی ضرورت نہیں جتنی کل کی پارٹی میں صرف آپ کی ضرورت ہے۔

اسلم نے کہا " میں نے تو عرض کیا کہ میں بسر وچشم حاضر ہوں ۔"
نیر نے کہا " اب آپ پکے کاغذ پر لکھوانا چاہتے ہوں تو اس کا بھی انتظام کیا جائے ۔"
اسی قسم کی باتوں میں آج کی یہ پُر لطف صحبت ختم ہوئی ۔

کرنل شیخ کی پارٹی میں اسلم کا تنہا جانا کوئی معمولی بات نہ تھی۔ کئی مرتبہ نیر نے ارادہ کیا کہ کوئی بہانہ تراش کر کے اسلم کو وہاں نہ بھیجے مگر مس روبی نے یہ نکتہ سمجھایا کہ کرنل شیخ کی پارٹی میں مسعود ضرور ہوں گے اور اسلم کا وہاں نہ پہنچنا ان کی کامیابی سمجھی جائے گی۔ اسلم کو اس پارٹی میں ضرور جانا چاہئے اور اس شان سے جانا چاہئے کہ مسعود کا چراغ اس کے سامنے نہ جل سکے۔ خیر یہ تو نیر بھی جانتی تھی کہ اسلم کا مسعود سے کوئی مقابلہ نہیں مگر اس نے یہ بات مس روبی کو سمجھانا ضروری نہ سمجھی اور ان دونوں نے مل کر اسلم کو اس پارٹی کی شرکت کے لئے طرح طرح سے تیار کرنا شروع کر دیا۔ کئی تو اس غریب کے ریہرسل کرائے گئے نیر نے مسعود بن کر اور مس روبی نے کرنل شیخ بن کر اسلم پر وہ جرح کی کہ جس کی ان کو توقع تھی اور اسلم کو جب ہر اعتبار سے اپنے نزدیک تیار کر لیا تو اعلیٰ درجے کے سوٹ میں سجا بنا کر پارٹی کے لئے روانہ کر دیا۔

کرنل شیخ کی وہ پارٹی جو خالص مردانہ ظاہر کی گئی تھی اسلم کو ملی جلی نظر آئی جس میں علاوہ سب مردوں کے ایک خاتون بھی تھیں جن کا تعارف اس سے یہ کرایا گیا کہ آپ آنسہ طلعت ہیں اور جب اس کو مسعود سے ملایا گیا تو وہ ہاتھ ملا کر ہاتھ چھڑانا بھول گیا اور دیر تک مسعود کا جائزہ لیتا رہا۔ مگر چائے کا دور چلنے تک کوئی خاص بات سوائے چند رسمی باتوں کے نہ ہوئی بلکہ چائے کا دور ختم ہونے اور مہمانوں کے

رخصت ہونے تک اِدھر اُدھر کی باتوں کے علاوہ کوئی قابلِ ذکر بات نہ ہوئی البتہ جب تمام مہمان رخصت ہو چکے اور کرنل شیخ کے علاوہ مسعود۔ طلعت اور خود اسلم باقی رہ گئے تو کرنل شیخ نے اسلم کے شانے پر ایک تھپکی دیتے ہوئے کہا:

کرنل شیخ: اب باتیں ہوں گی ذرا مزے دار۔ اب سب اپنے ہی باقی رہ گئے ہیں۔

اسلم: شکریہ آپ کا کہ آپ نے مجھ کو بھی اپنوں میں سمجھا۔

طلعت: جی ہاں۔ مگر جو اپنے ہوتے ہیں وہ شکریہ ادا نہیں کرتے۔

مسعود: مگر وہ بے چارے کیا کریں تربیت ہی یہ دی گئی ہوگی۔

شیخ: بھئی اسلم صاحب بے تکلفی معاف آپ کو چائے پر بلانے اور تنہا بلانے کا مقصد صرف یہ تھا کہ آپ کا وجود ہم سب کے لئے معمہ بنا ہوا ہے۔ مجھ کو۔ ان خاتونِ محترم کو اور ان حضرت کو آپ کے متعلق سب کچھ معلوم ہے کہ آپ کن حالات میں نیر کے یہاں لائے گئے ہیں۔

طلعت: ہم لوگوں کو یہ بھی معلوم ہے کہ آپ کی تعلیم و تربیت کے لئے نیر صاحبہ نے کیا کیا پاپڑ بیلے ہیں۔

اسلم: مسعود صاحب آپ کو جو کچھ معلوم ہو آپ بھی فرما دیں۔

مسعود: مجھ کو صرف یہ معلوم ہے کہ نیر نے آپ کو سمجھنے میں احمقانہ دھوکہ کھایا ہے مگر یہ نہیں معلوم کہ آپ نے نیر کو یہ دھوکہ کیوں دیا ہے۔

اسلم: میں سمجھا نہیں کہ دھوکے سے آپ کا مطلب کیا ہے؟

مسعود: (ہنس کر) اسلم صاحب ہر ایک کو نیر نہ سمجھئے اور نہ ہر ایک کے پاس عقل کی اتنی کمی ہے کہ وہ آپ کی اس ناقص اداکاری پر ایمان لے آئے گا۔ ہم نظر بازوں سے آپ اس آسانی کے ساتھ چھپ نہ سکیں گے۔

اسلم: معاف کیجئے گا میرے خیال میں آپ واقعی کسی غلط فہمی کا شکار ہیں۔

طلعت: اسلم صاحب آپ بلاوجہ اپنے نقاب کے بند کس رہے ہیں۔

مسعود: جی ہاں۔ حالانکہ آپ کا دل اس وقت گواہی دے رہا ہے کہ جن لوگوں سے آج آپ کو واسطہ پڑا ہے ان کو آسانی کے ساتھ آپ بے وقوف نہ بنا سکیں گے بلکہ معاف کیجئے گا میرے خیال میں تو آسانی سے کیا بلکہ اپنی پوری کوشش کے بعد بھی اس مقصد میں آپ کامیاب نہ ہو سکیں گے۔

اسلم: (ہنس کر) کمال ہے صاحب۔ آخر آپ چاہتے کیا ہیں۔

کرنل شیخ: بھئی چاہتے یہ ہیں اسلم صاحب ہم لوگ کہ نیر کے لئے آپ جو کچھ بنے ہیں بنے رہئے مگر ہم نیاز مندوں کو تو بتا دیجئے کہ آپ دراصل ہیں کون؟

اسلم: مگر میں آپ کو جو کچھ نظر آرہا ہوں اس میں آپ کو شک کیوں ہے۔

مسعود: شک اس لئے ہے اسلم صاحب کہ آپ نے اپنی اداکاری کا پول خود کھول دیا ہے۔ آپ ایک سادہ لوح۔ جاہلِ مطلق، تہذیب اور تعلیم دونوں سے یکسر بیگانہ، ہر شعور اور ہر سلیقے سے قطعاً بے نیاز نیر کے یہاں تشریف لائے اور اپنا کردار نہایت خوش اسلوبی سے ادا کیا یہاں تک کہ ایک کامیاب اداکار کی طرح ہر سختی جھیلی۔ مار تک کھائی مگر اپنے کردار میں کوئی خامی پیدا نہ ہونے دی۔

طلعت: تعلیم بھی آپ نے جس طرح حاصل کی اس کی داد دینا پڑے گی۔

مسعود: مگر تعلیم حاصل کرنے کے بعد آپ خود اپنے کردار کو بھول گئے اور ایک دم ایسے تہذیب ترشے ڈھلے ڈھلائے مہذب آدمی بن گئے کہ آپ کو یہ بھی یاد نہ رہا کہ آپ نے وہ باتیں بھی شروع کر دیں جو تعلیم نہیں سکھاتی جو کسی اور سے حاصل نہیں کی جاتیں بلکہ خود اپنے خمیر میں ہوتی

ہیں اور ایک تعلیم یافتہ مہذب خاندان کی روایات کی آئینہ دار ہوتی ہیں۔

طلعت : ابھی تھوڑی دیر ہوئی رفیق صاحب نے غالب کا ایک شعر پڑھا تھا۔ آپ نے اسی زمین میں خواجہ میر درد کا ایک شعر سنا کر اپنی چغلی خود کھائی۔

اسلم : میری سمجھ میں تو آتا نہیں کہ اس میں چغلی کھانے کی کیا بات تھی۔

مسعود : اسلم صاحب چغلی کی بات یہ ہے کہ میں یہ تو تسلیم کر سکتا ہوں کہ آپ واقعی بہت ذہین نکلے کہ مس روبی کی تعلیم و تربیت نے آپ کو اس قدر جلد انسان بنا دیا۔ مگر میں یہ ماننے کو تیار نہیں ہوں کہ مس روبی یا نیر نے آپ کو غالب کے علاوہ خواجہ میر درد بھی پڑھایا ہوگا۔

کرنل شیخ : اب وضع داری کے طور پر آپ بنتے رہیں تو دوسری بات ہے مگر واقعہ یہ ہے کہ چور پکڑا جا چکا ہے

مسعود : چور نے اپنے کو خود پکڑ وا لیا ہے۔ اسلم صاحب کتنے طالب علم ایسے ہیں جو زندگی گزار کر بڑے بڑے امتحان پاس کر لیتے ہیں اور غالب، میر، مومن، آتش، ناسخ، انیس و دبیر وغیرہ کے علاوہ ان کو خواجہ میر درد پر بھی عبور حاصل ہوتا ہے۔ میں نیر کو آپ سے زیادہ جانتا ہوں اور دعوے سے کہہ سکتا ہوں کہ ان کو خواجہ میر درد کا ایک شعر بھی یاد نہیں ہو سکتا۔

طلعت : رہ گئیں مس روبی وہ بے چاری کیا جانیں خواجہ میر درد وغیرہ کو۔

مسعود : اس کے علاوہ آپ کی گفتگو۔ گفتگو کا لوچ۔ اندازِ بیان۔ غرض کس کس بات کا ذکر کیا جائے۔ ہر ادا چغلی کھاتی ہے اور آپ کی اداکاری کا پول کھولتی ہے۔

اسلم : صاحب میں ہارا آپ جیتے۔ مجھ کو کیا معلوم تھا کہ ایسے خطرناک ذہنوں سے بھی مقابلہ ہوگا۔

طلعت : خطرناک ذہین تو کیا البتہ یہ کہئے کہ اتنے سادہ لوح بھی نہیں ہیں جتنی نیر ہیں۔

کرنل شیخ : بہر حال آپ یہ بتائیے کہ آپ نے یہ ڈھونگ کیا رچا ہے۔

اسلم : اگر میں یہ کہوں کہ یہ میرا ایک ایسا راز ہے جسے میں کسی پر ظاہر نہیں کر سکتا تو کیا آپ مجھے معاف

کر دیں گے۔

مسعود: جی نہیں۔ اس لئے کہ ہر راز کے لئے راز دار بھی مہیا کئے جاتے ہیں۔ البتہ اس بات کا ہم تینوں آپ کو یقین دلا سکتے ہیں کہ ہم آپ کے دوست ہیں دشمن نہیں اور آپ کا راز ہم پر ظاہر ہونے کے بعد ہمارا راز بن کر رہے گا۔

اسلم: میں آپ تینوں سے عموماً اور مسعود صاحب خود آپ سے خصوصاً اس قدر مرعوب ہو چکا ہوں کہ میرا خیال یہ ہے کہ اگر میں نے آپ سے یہ راز چھپانے کی کوشش بھی کی تو ناکام رہوں گا۔ آپ لوگ یقیناً یہ راز معلوم کر کے رہیں گے اور میں اپنی کوششوں میں ناکام رہنے کے علاوہ آپ کی ہمدردی اور دوستی بھی کھو بیٹھوں گا۔ لہٰذا میں اپنے راز کو آپ کی امانت کے سپرد کرتا ہوں۔

طلعت: اگر آپ نے ہم پر بھروسہ کیا تو ہم آپ کے اس اعتماد کا پورا احترام کریں گے۔

اسلم: یہ یقین دلانے کی ضرورت نہیں مجھے یہ اعتماد پہلے ہی ہے۔ مسعود صاحب میری کہانی کی ابتدا یوں ہوتی ہے کہ آپ کے محسن اور نیر کے والد خان بہادر ممتاز حسین صاحب جو بعد میں نواب ممتاز الدولہ کے نام سے ایک بڑی جاگیر کے مالک بن بیٹھے تھے دراصل اپنے وقت کے بہت بڑے غاصب تھے۔

مسعود: غاصب ؟ نواب ممتاز الدولہ اور غاصب ؟

اسلم: آپ حیران نہ ہوں۔ اور اپنے محسن کے متعلق ان سخت الفاظ پر برا بھی نہ مانیں۔ وہ واقعی بہت بڑے غاصب تھے۔ صرف غاصب ہی نہیں بلکہ وہ خونی بھی تھے۔ وہ میرے مخبوط الحواس باپ کے قاتل تھے اور اتنی بڑی جاگیر حاصل کرنے کے لئے انہوں نے میری ماں کی زندگی برباد کی تھی۔ اور اس بے زبان دکھیا کو میرے باپ سے اُس وقت طلاق دلوائی تھی جب میں صرف چند ماہ کا تھا۔ نواب ممتاز الدولہ میرے والد مرحوم کے سب سے بڑے دوست تھے اور والد مرحوم

کو اُن پر اتنا اعتماد تھا کہ اس جاگیر کے کرتا دھرتا دراصل وہی تھے۔ نواب ممتاز الدولہ نے پہلے تو میرے سادہ لوح باپ کو رندِ بلا نوش بنایا اور پھر رفتہ رفتہ ان کے دماغ کو ایسا بے قابو کیا کہ وہ اس حد تک دماغی توازن کھو بیٹھے کہ نواب ممتاز الدولہ کی اہتمام طرازی پر میری ماں کو بھی طلاق دے دی۔ اس کے بعد میرے باپ کی تمام دولت ان کے قبضے میں آگئی اور وہ ان ہی کے قبضے میں رہ کر اور دیوانگی میں مبتلا رہ کر اس دنیا سے سدھار گئے۔

مسعود: عجیب باتیں آپ سنا رہے ہیں۔

اسلم: میری ماں نے بہت زور لگایا مگر ان کے پاس کوئی ثبوت نہ تھا کہ وہ اس غاصب کے اس دعوے کو باطل کر سکتیں کہ یہ جاگیر اس نے میرے باپ سے خریدی ہے۔ ظاہر ہے کہ میرے باپ کی دیوانگی سے فائدہ اٹھا کر اس شخص نے اپنی پوزیشن قانونی حیثیت سے مستحکم کر لی ہو گی۔ میری ماں بے چاری بے سہارا تھی وہ نواب ممتاز الدولہ کے ایک معمولی وظیفے پر گزر بسر کرتی رہی مگر جب میں عالمِ ہوش میں آیا اور اپنی ماں سے یہ باتیں سنیں تو میں نے یہ طے کر لیا کہ جس طرح بھی ہو گا میں اس جاگیر کو ممتاز الدولہ کے غاصبانہ قبضے سے نکلواؤں گا۔ چنانچہ ایک رات میں نے جان پر کھیل کر نواب ممتاز الدولہ کی حویلی میں داخل ہو کر وہ تجوری توڑ ڈالی جس میں اس جاگیر کے کاغذات تھے۔ مگر اپنے مقصد میں کامیاب ہونے سے پہلے ہی پکڑا گیا اور نقب زنی کے الزام میں جیل بھیج دیا گیا۔ میرے جیل جانے کے بعد میری بدنصیب ماں پھڑک پھڑک کر مر گئی اور جب میں جیل سے چھوٹا تو معلوم ہوا کہ ممتاز الدولہ بھی منصفِ حقیقی کے دربار میں پہنچ چکے ہیں۔ اب اس کو میری طلبِ صادق کہیئے یا اتفاق کہ میں اسی گھر میں اس حیثیت سے لایا گیا۔

مسعود: رونگٹے کھڑے ہو جاتے ہیں آپ کی یہ روداد سن کر۔

کرنل شیخ: یہ تو واقعی عجیب راز معلوم ہوا۔

طلعت: مگر ایک بات سمجھ میں نہ آئی کہ اس گھر میں پہنچنے کے بعد اب تو آپ آسانی سے اپنے مقصد میں کامیاب ہو سکتے تھے۔

اسلم: جی ہاں۔ میں نے اس اتفاق کو اپنی خوش قسمتی سے تعبیر کیا تھا اور اسی لئے یہ ڈھونگ رچا تھا مگر ——

مسعود: صاحب اس گھر ہی میں تو تمام راز ہے۔ مگر کہئے کہ اس طرح چپ کیوں ہو گئے آپ۔

اسلم: آپ لوگوں کو جتنی ہمدردی پیدا ہوئی ہے وہ مگر کے بعد والے واقعے سے ہنسی میں اُڑ جائے گی۔ بس یہی ڈر لگتا ہے مجھے۔

کرنل شیخ: آخر معلوم تو ہو کیا بات ہے۔

اسلم: نیّر کے ساتھ میں پورے انتقامی جذبے کے ساتھ آیا تھا اور یہ رنگ اس لئے اختیار کیا تھا کہ اس کو مجھ پر کسی قسم کا شبہ نہ ہو سکے۔ مگر مجھے یہ خبر نہ تھی کہ میں دراصل تختۂ مشق کی حیثیت سے لایا گیا ہوں۔ میرے ساتھ جو سلوک شروع ہوا وہ مجھ کو حیران کرنے کے لئے کافی تھا مگر اس سے پہلے کہ یہ عالمِ حیرت ختم ہو معلوم نہیں کیوپڈ نے کس گوشے سے ایک ایسا تیر چلایا کہ ——

کرنل شیخ: یعنی۔ یعنی۔ معاشقہ شروع ہو گیا۔

مسعود: بات تو سننے دو۔

اسلم: آپ سے زیادہ حیرت خود مجھ کو ہے مگر واقعہ یہی ہے کہ یہ حادثہ ہو کر رہا۔ بظاہر اس کی ذمہ دار خود نیّر تھی جس نے مجھ کو اس حیثیت سے دنیا کے سامنے پیش کرنا چاہا جو حیثیت دراصل وہ مجھ کو دینا ہی نہ چاہتی تھی مگر میرے لئے یہ نقل، اصل بن کر رہی۔ وہ دراصل کسی اور کو رقابت کی آنچ میں تپانے کے لئے مجھ سے ایندھن کا کام لینے لگی۔

کرنل شیخ: وہ حضرت آپ کے سامنے موجود ہیں۔

اسلم : جی مجھے معلوم ہے اور یہ بھی معلوم ہے کہ نیر نے یہ نہایت غلط طریقہ کار اختیار کر رکھا ہے۔ مسعود صاحب مجھ سے واقف نہیں مگر میں نے مسعود صاحب کے متعلق ہر ممکن معلومات بہم پہنچا رکھی ہے۔

طلعت : مگر اسلم صاحب آپ کو جب سب کچھ معلوم ہے تو یہ بھی معلوم ہوگا کہ نیر تو آپ کی طرف متوجہ ہو ہی نہیں سکتی۔ پھر آپ خواہ مخواہ یہ مجاہدہ فرما رہے ہیں۔

اسلم : طلعت بہن آپ نے بڑی معصوم بات کہی ہے۔ کاش آپ کو معلوم ہوتا کہ یہ جذبہ جنوں کی صورت اسی وقت اختیار کرتا ہے جب مشکلات اور ناممکنات کے پہاڑ راستہ روک کر کھڑے ہو جائیں۔

کرنل شیخ : مگر برادرم آپ کے حالات سُن سُن کر تو بخدا بڑی ہمدردی ہوتی تھی آپ کے ساتھ، کہ ایک شخص ناکردہ گناہ خدا جانے کہاں سے آگیا ہے جسے نیر اپنی مجنونانہ حماقتوں کا شکار بنا رہی ہے۔ جسے مار مار کر اپنی ایک طفلانہ ضد کو تسکین دینے کے لئے استعمال کیا جا رہا ہے۔

اسلم : جی ہاں۔ آپ نے غالباً گدھا گاڑیوں میں اُس فاضل گدھے کو تو دیکھا ہوگا جسے پنج کہتے ہیں اور اس کا مقصدِ زندگی صرف یہ ہوتا ہے کہ وہ گاڑی کھینچنے والے گدھوں کے لئے نقشِ عبرت بنا رہے۔ اس کو پیٹا جاتا ہے تاکہ دوسرے گدھے اپنے کو اس عذاب سے بچانے کے لئے اپنے کام میں مستعدی دکھائیں۔

کرنل شیخ : سن لیجئے مسعود صاحب۔ اسلم صاحب نے اپنے کو تو خیر پنج ہی کہا ہے مگر آپ کو بھی اس لپیٹ میں لے آئے ہیں۔

اسلم : آپ نے بڑا اچھا پہلو نکال لیا۔ بہرحال تو میں یہ عرض کر رہا تھا کہ جس وقت میری مرمت ہو رہی تھی اُس وقت تک تو میں اس کو اپنی کامیاب اداکاری کا صلہ سمجھتا تھا۔ میں نے پہلے تو اپنے مقصد میں کامیابی کے لئے یہ اداکاری شروع کی تھی مگر بعد میں فن برائے فن کے اصول پر مجھے اس اداکاری ہی میں لطف آنے لگا اور بڑے حوصلے سے پٹتا رہا۔ مگر جب اسی عالم میں وہ آگ

لگی جو لگائے نہ لگے اور بجھائے نہ بنے، تو اداکاری میں وہ نقص پیدا ہو گیا کہ آخر آپ کے ایسے ماہروں نے چوری پکڑ ہی لی۔

مسعود: آپ نے تو معاملے کو کچھ اور بھی اُلجھا دیا۔ مجھے آپ کے ساتھ پہلے اتنی ہمدردی نہ تھی جتنی اب ہے۔

کرنل شیخ: بھئی کیا مصیبت خرید بیٹھے ہو تم۔ اس سے اچھا تو یہ تھا کہ مس روبی سے عشق کرتے۔

طلعت: اچھا شیخ صاحب یہ بات ہے آپ بھی پکڑے گئے۔

اسلم: شیخ صاحب آپ تو کچھ نیلامی ماحول پیدا کر رہے ہیں۔

شیخ صاحب: نیلامی ماحول کی بات نہیں ہے حضرت میری تو واقعی یہ رائے ہے کہ مس روبی میں بلا کی جاذبیت ہے۔

اسلم: شیخ صاحب آپ مجھ کو غلط نہ سمجھیں۔ میرے پاس چند جذبات اور چند نگاہیں برائے فروخت نہ تھیں کہ میں " تو نہیں اور سہی اور نہیں اور سہی " کے اصول پر چلتا۔ مجھے خود خبر نہیں کہ یہ کیا ہوا اور کیوں ہوا۔ مگر جو کچھ ہو گیا ہے اب اُس سے مفر نہیں اور مجھے نہیں معلوم کہ میرا انجام کیا ہونا ہے۔

مسعود: آپ ہماری ہمدردیوں پر پورا بھروسہ رکھیں اور جو کچھ ہم سے ہو سکتا ہے وہ بھی ضرور ہوگا مگر آپ پتھر سے پسینے کی توقع باندھ بیٹھے ہیں۔

شیخ صاحب: عجب کیا ہے کہ آپ کا جذبِ صادق پتھر ہی کو موم بنا دے۔

طلعت: جی ہاں، کہ ہم نے انقلابِ چرخِ گردوں یوں بھی دیکھے ہیں۔

شیخ صاحب: لیجئے آپ کے لئے گاڑی آ پہنچی۔ طلعت بہن تم اندر چلی جاؤ۔ اسلم بھائی میں لقمان کو حکمت تو پڑھانا نہیں چاہتا مگر نیر سے صرف طلعت کی موجودگی کا ذکر نہ کیجئے گا۔

مسعود: اسلم صاحب اب آپ کو اکثر ملتے رہنا چاہئے۔

اسلم: ضرور ملوں گا اس لئے کہ میری تمام مشکلات کا حل صرف آپ کے پاس ہے۔

مسعود: کاش آپ کا اندازہ صحیح ہو اور میں آپ کے کسی کام آسکوں۔

اس بزم میں اپنے کو یوں بے نقاب کرنے کے بعد اسلم آج بالکل ہی بدلا ہوا یہاں سے رخصت ہوا تاکہ نواب ممتاز الدولہ کے ایوان میں پہنچ کر وہ پھر ایک اداکار بن جائے۔ وہ اداکار خود اپنی تمثیل کا شکار نظر آتا تھا۔ مگر واپسی سے پہلے ہی کرنل شیخ اور مسعود نے اس کو اچھی طرح سمجھا دیا کہ یہاں سے واپسی پر تم سے باقاعدہ جرح ہوگی۔ ایک ایک بات پوچھی جائے گی اور اگر یہ بات چھپائی گئی کہ مسعود بھی اس پارٹی میں تھے تو ظاہر ہے کہ اس کا یقین مشکل ہی سے آئے گا نیر کو۔ لہٰذا مناسب یہی ہے کہ مسعود کی موجودگی ظاہر کردی جائے بلکہ مسعود کا موجود ہونا جب تم بیان کروگے تو نیر اس کو اپنی کامیابی سمجھ کر بے حد خوش ہوگی۔ مسعود نے کہا "میری رائے یہ ہے کہ آپ میرا موجود ہونا ظاہر کرکے یہ کہیں کہ میں آپ کی تاب نہ لاکر اس پارٹی سے چلا گیا۔"
کرنل شیخ نے کہا "ہاں یہ ٹھیک ہے نیر کو اپنی کامیابی پر ذرا خوش ہو لینے دو۔ اس کو یقین آجائے گا کہ اس نے جس مقصد کے لئے یہ سارے پاپڑ بیلے ہیں وہ مقصد پورا ہو رہا ہے۔"

مسعود نے کہا "مگر شیخ صاحب قبلہ صرف ان کے بیان سے کام نہ چلے گا۔ اس بیان کی تصدیق کے لئے آپ کو بھی جانا پڑے گا اور نیر پر یہ ظاہر کرنا پڑے گا کہ گویا محض اسلم صاحب کی وجہ سے میرے اور آپ کے تعلقات بھی ختم ہو گئے۔"

اسلم نے کہا "یہی ہونا چاہئے۔ میں نہایت سادگی سے یہ بیان دوں گا کہ مسعود نامی ایک صاحب ملے تھے جن کو نہ جانے میری کیا بات بُری لگی کہ وہ کرنل صاحب سے کچھ لڑے اور پھر چلے گئے۔

کرنل شیخ: ہاں میں دوسرے دن جاکر نیّر سے کہوں گا کہ اسلم نے مسعود کو دیکھ کر یہ شعر پڑھا تھا کہ :

دیکھ کر غیر کو ہو کیوں نہ کلیجہ ٹھنڈا ❊ نالہ کرتا تھا وے طالبِ تاثیر بھی تھا

مسعود: اس شعر کا کیا تُک ہے بھلا۔ یعنی خواہ مخواہ بھی۔

اسلم: جی نہیں یہ ٹھیک ہے میں پہلے ہی سے یہ شعر نیّر کو سُنا رکھوں گا اور کرنل صاحب کی تصدیق سے وہ خوش ہو جائیں گی۔

اسی قسم کے بہت سے اور فقرے ایک دوسرے سے طے کر کے اسلم اس پارٹی سے رخصت ہو کر آ گیا۔

نواب ممتاز الدولہ کے ایوان میں اسلم اب تک اداکاری کی ناکام کوششوں میں معروف تھا مگر یہ ناکام کوششیں بھی نیر کے لئے کافی تھیں۔ نیر نہ تو مسعود کی سی گہری نظر رکھتی تھی نہ طلعت کی سی بلا کی ذہانت کہ اس کو بھی اسلم کی ناکام اداکاری کی خامیاں محسوس ہو سکتیں۔ وہ ان ہی خامیوں کو اپنی اور مس روبی کی کامیابی سمجھ سمجھ کر خوش تھی کہ اس نے اور اس کی دیوانہ وار جدوجہد نے اتنی جلدی ایک جانور کو انسان بنا کر مسعود کا نہایت کامیاب حریف بنا دیا ہے۔ کرنل شیخ کی پارٹی سے واپس آ کر اسلم نے جو حالات بتائے اور مسعود کے متعلق نیر کے سوالات کے جو بھی جواب دئے ان سے نیر کے جذبۂ انتقام کو بڑی تسکین حاصل ہوئی۔ اسلم نے نقشہ ہی ایسا پیش کیا کہ نیر آسانی سے اس نتیجہ پر پہنچ گئی کہ مسعود اس کو دیکھ کر بہت ہی سلگا ہے اور جب اسلم نے نیر کو یہ بتایا کہ معلوم نہیں کس بات پر کرنل شیخ کے ایک مہمان جن کا نام مسعود بتایا جاتا ہے کرنل صاحب کی کسی بات پر ناراض ہو کر پارٹی سے چلے گئے تو نیر کی خوشی کی کوئی انتہا ہی نہ رہی کہ مسعود بنتے تو ہیں اتنے بے تعلق مگر آخر تاب نہ لا سکے! ورنہ ٹھیرا نہ گیا ان سے پارٹی میں۔ اس پارٹی کے بعد مسلسل دو دن تک نیر کے گھر اسی پارٹی کے چرچے رہے وہ بار بار مختلف طریقوں سے اس پارٹی کے حالات اسلم سے دریافت کرتی تھی اور اسلم جو منظر کشی کرتا تھا اس آئینہ میں نیر پھولی نہ سماتی تھی کہ خود مسعود نے طلعت سے وابستگی ظاہر کر کے جس آگ میں اس کو جلایا ہے

آج اسلم کو دیکھ کر اسی آگ میں وہ خود جل رہا ہے۔ اس وقت بھی سہ پہر کی چائے پر گھما پھرا کر نیّر نے یہی ذکر چھیڑا اور جب کوئی اور نہ ملا تو وفورِ مسرت میں مس روبی ہی سے پوچھ بیٹھیں۔

نیّر : مس روبی تم دیکھ رہی ہو اسلم صاحب کتنے بدل گئے ہیں۔

مس روبی : تو آخر آپ اسلم صاحب کو سمجھتی کیا ہیں بی بی یہ تو اب آپ کی دعا سے اپنی استانی کے بھی کان کاٹنے لگے ہیں۔ آج ایک ایسا سوال مجھ سے کر بیٹھے کہ میں خود حیران رہ گئی۔

نیّر : ہاں اب ان کو بڑی دُور کی سوجھنے لگی ہے۔ کیا سوال تھا اسلم صاحب۔

اسلم : آپ کے کتب خانہ میں دیوانِ غالب ہے نا اُسی کا ایک شعر نہ جانے کیوں یاد رہ گیا تھا۔

سیکھے ہیں مہ رُخوں کے لئے ہم مصوری

تقریب کچھ تو بہرِ ملاقات چاہئے

مس روبی : میں تو ان سے کہا کرتی ہوں کہ جینے کی باتیں کیا کریں۔

نیّر : بھئی ایمان داری کی بات یہ ہے کہ میری اور مس روبی آپ کی محنت دھری رہ جاتی اگر یہ خود اتنے ذہین نہ ہوتے۔ میں تو حیران ہوں کہ انہوں نے مسعود وغیرہ کو ایسے چبھتے ہوئے جواب کیسے دئے ہاں تو اسلم صاحب کیا کہنے لگے مسعود جب آپ نے ہاتھ ملا کر کہا کہ بڑی خوشی ہوئی آپ سے مل کر۔

اسلم : جی ہاں میں نے تو رسمی طور پر تعارف کے بعد کہا کہ بڑی خوشی ہوئی آپ سے مل کر تو کہنے لگے کہ مجھ سے مل کر آپ کو کیا خوشی ہو سکتی ہے۔ ابھی میں آپ کے لئے قطعاً اجنبی اور قطعاً غیر ہوں۔ اس لفظ غیر اور خوشی پر مجھے ایک شعر یاد آ گیا وہ پڑھ دیا میں نے کہ :

دیکھ کر غیر کو ہو کیوں نہ کلیجہ ٹھنڈا ❊ نالہ کرتا تھا ولے طالبِ تاثیر بھی تھا

نیّر : ہائے میرے اللہ کس قدر برجستہ شعر پڑھ گئے یہ اتفاقاً۔ کاش ان کو معلوم ہوتا کہ یہ کتنا بھرپور دار

تھا ان حضرت پر۔

اسلم : جی ہاں بس اسی کے بعد تو وہ ناراض ہو گئے مجھ سے تو کچھ کہا نہیں کرنل شیخ سے جا کر کچھ تیز تیز باتیں کیں اور پھر تنتناتے ہوئے پارٹی سے چلے گئے۔

مس روبی: عجیب بات ہے کہ انہوں نے خواہ مخواہ ایک بے تکا سا شعر پڑھ دیا اور اس کے ایسے معنی نکل آئے۔

نیر : وہی تو میں کہتی ہوں کہ معلوم ہوتا ہے قدرت اس معاملہ میں ہمارا ساتھ دے رہی ہے۔ یہ تو میرا ہی دل جانتا ہے کہ یہ شعر سن کر ان حضرت نے کتنے بل کھائے ہوں گے اور کیسے جلے بھنے ہوں گے اچھا پھر کرنل شیخ نے تو آپ سے کچھ نہیں کہا۔

اسلم : جی نہیں وہ تو دیر تک ان ہی صاحب کو منانے کی کوشش کرتے رہے مگر جب وہ چلے ہی گئے تو مجھ سے نہیں بلکہ ایک اور صاحب سے صرف یہ کہا کہ مسعود تو ناک پر مکھی ہی نہیں بیٹھنے دیتا۔ خواہ مخواہ مجھ سے ناراض ہو گیا۔ کہ میں نے اس کو ذلیل کرایا ہے (موٹر کی آواز) کوئی آیا ہے شاید۔

نیر : دیکھنا بیرا کون ہے ؟ مجھے مسعود سے اس احساسِ کمتری کی اُمید نہ تھی۔ مگر یہ وار اتنا بھرپور پڑا ہے کہ وہ حضرت اپنے کو سنبھال بھی نہ سکے۔

بیرا : (آتے ہوئے) بی بی۔ وہ آئے ہیں۔ کیا نام ہے اُن کا۔ ارے وہی کرنیل صاحب۔

نیر : کرنل شیخ تو نہیں ؟

بیرا : جی ہاں وہی بی بی جو کرنیل بھی ہیں شیخ جی بھی ہیں۔

مس روبی: بڑی عمر ہے ان کی ان ہی کا ذکر تھا نا ابھی۔

نیر : لے آؤ ان کو یہاں۔ اسلم صاحب اب کوئی ذکر نہ ہو ان کا یا پارٹی کا۔

مس روبی: اسلم صاحب آپ بی بی کے برابر صوفے پر بیٹھ جایئے۔

نیر : اور ذرا ان حضرت سے بات چیت کرتے وقت میرے اشارے بھی سمجھتے رہیئے گا ــــــ ہلو کرنل

اچھے وقت پر آئے۔ بڑی بہار دار ہے چائے۔ اسلم خدا جانے کہاں سے آج یہ چائے لے آئے ہیں بھئی مجھے تو بہت پسند ہے۔

اسلم : اِدھر تشریف آئیے شیخ صاحب۔

کرنل شیخ: بھائی صاحب آپ کی دوستی نے تو مجھے کہیں کا نہ رکھا۔ ایک نئے دوست نے ایک پرانا یار چھڑا دیا ہمیشہ کے لئے۔

نیّر : خیریت تو ہے۔ کیا بات ہوئی۔ کون چھوٹ گیا آپ سے ؟

کرنل : بھئی اب تو سچ ہی بتانا پڑے گا۔ دراصل اُس روز کی پارٹی بڑی مقصدی پارٹی تھی۔ اسلم صاحب کو دراصل مسعود خاص طور پر دیکھنا چاہتے تھے مگر شرط یہ تھی کہ میں یہ بات اسلم صاحب کو نہ بتاؤں اور نہ ان کو مسعود کے متعلق کچھ معلوم ہو مگر اسلم صاحب نے اُن سے ملتے ہی ایک بات ایسی کہہ دی کہ وہ اِن سے تو کم مگر مجھ سے بالکل ہی خفا ہو گیا۔

اسلم : جی میں نے تو کوئی ایسی بات نہیں کہی۔

نیّر : ذرا مجھ کو سمجھنے تو دیجئے۔ اوّل تو یہ کہ مسعود صاحب ان سے خاص طور پر ملنا کیوں چاہتے تھے دوسرے یہ بے چارے ایسی بات کیا کہہ سکتے تھے اُن سے اگر سچ پوچھئے تو ان کو خود کچھ نہیں معلوم مسعود صاحب کے متعلق۔

کرنل : اگر واقعی ان کو کچھ نہیں معلوم تو اور بھی کمال ہے کہ انہوں نے ایسی چبھتی ہوئی بات کہی۔ ہوا یہ کہ میں نے ان کو مسعود سے ملایا کہ آپ ہیں اسلم صاحب اور آپ ہیں مسٹر مسعود۔ ان بے چارے نے کہا کہ آپ سے مل کر بڑی مسرت ہوئی۔

اسلم : جی ہاں اب آپ خود غور کیجئے کہ کیا اس کا جواب یہی تھا کہ کیوں صاحب آپ کو خوشی کیسے ہو سکتی ہے جب کہ میں آپ کے لئے اجنبی اور قطعاً غیر ہوں اس پر مجھے اتفاق سے غالب کا وہ شعر یاد

آگیا، " دیکھ کر غیر کو ہو کیوں نہ کلیجہ ٹھنڈا "

کرنل: بس یہی شعر تو قیامت کر گیا۔ مسعود کو یقین ہو گیا کہ میں نے آپ کو مسعود کے متعلق سب کچھ بتا دیا ہے اور جان بوجھ کر اس کو اپنی پارٹی میں بلا کر آپ کے ہاتھوں ذلیل کرانے کی کوشش کی ہے۔

نیّر: جی نہیں یہ دراصل ان کے احساسِ برتری کا ردِ عمل ہے۔ وہ اپنے متعلق یہ جو سمجھے بیٹھے تھے کہ نہ ان کے برابر کوئی ذہین ہے نہ خوش ذوق ہے نہ کسی کو بات کرنے کا سلیقہ ہے نہ ان کی ٹکر کا کوئی ادب شناس ہے۔ اس غرور کا سر جو نیچا ہوا۔ اس پندار کو شکست جو ہوئی۔

کرنل: مگر میرے لئے تو یہ مصیبت آئی کہ وہ چند مجھ ہی سے ناراض ہو گیا۔ پارٹی میں سمجھایا وہ نہ مانے رنگ میں بھنگ ڈال کر چلے گئے۔ گھر پر گیا ان کو سمجھانے مگر وہ قسم کھا گئے کہ گویا میں نے دانستہ اسلم صاحب کے ہاتھوں اُن کی تذلیل کرائی ہے۔ صاحب میں تو حیران ہوں کہ وہ آخر جلا کیوں ان کو دیکھ کر۔

اسلم: مگر میں ان سے کم حیران نہیں ہوں کہ آخر یہ بات کیا ہوئی۔ میں نے تو یوں ہی ایک شعر پڑھ دیا تھا مسکرا کر۔

کرنل: بابا اتفاق سے وہ شعر چپک کر رہ گیا۔ بہر حال میں اپنی ہر کوشش میں ناکام رہ کر لوٹ آیا کہ ان کا دل میری طرف سے صاف ہو جائے۔ میرے خیال میں تو وہ کسی ذہنی بیماری میں مبتلا ہے۔ میں نے اس کو اتنا سطحی اتنا غیر معقول اور اتنا کج بحث اب سے پہلے کبھی نہ دیکھا تھا۔

نیّر: ابھی آپ ان کو اور بھی سطحی اور بھی غیر معقول اور کچھ اور بھی کج بحث پائیں گے۔ اصل قصہ تو یہ ہے شیخ صاحب کہ ان کو وہ میرے انتخاب کی حیثیت سے برداشت ہی نہیں کر سکتے۔

اسلم: آپ کے انتخاب کی حیثیت سے؟ میں سمجھا نہیں۔

نیّر: میں شیخ صاحب سے بات کر رہی ہوں اسلم۔

اسلم : مگر آپ میرے متعلق بات کر رہی ہیں نا۔ مجھے بھی تو سمجھایئے کہ آپ کا مطلب کیا ہے آخر۔

کرنل : کیا خوب گویا آپ مطلب ہی نہیں سمجھ رہے ہیں۔ کس قدر سنجیدہ قسم کا مزاح فرماتے ہیں آپ بھی۔

اسلم : شیخ صاحب میں بالکل مزاح سے کام نہیں لے رہا ہوں۔ میں سنجیدگی کے ساتھ آج اس بات کو آپ کی موجودگی میں صاف کر لینا چاہتا ہوں۔

نیّر : میں آپ کو سب کچھ سمجھا دوں گی اسلم صاحب اس وقت مجھے شیخ صاحب سے تنہائی میں کچھ ضروری باتیں کر لینے دیجئے۔ آپ جب تک بیڈمنٹن کا جال لگوایئے۔

روبی : ہاں اسلم صاحب آج میرا آپ کا میچ رہے گا۔

اسلم : جی نہیں مجھ کو آج یہ معمہ حل کر لینے دیجئے جس میں اکثر میں اُلجھ جایا کرتا ہوں۔

نیّر : اسلم کیا ہو گیا ہے۔ بات کیوں نہیں سنتے میری۔

اسلم : سنتا تو ہوں آپ کی بات۔ گستاخی صرف یہ کر رہا ہوں کہ سن کر اب سمجھنا بھی چاہتا ہوں۔ اگر میں آپ کا انتخاب ہوں تو آخر آپ خود مجھ سے کیوں نہیں کہتیں۔ اگر میں آپ کا انتخاب نہیں ہوں تو دوسروں سے یہ کیوں کہتی ہیں۔

نیّر : اسلم کیوں خواہ مخواہ کی ضد کر رہے ہو۔ کہہ تو دیا کہ میں سمجھا دوں گی تم کو۔

کرنل : مگر اس میں کیا مضائقہ ہے کہ آپ پہلے ان کو سمجھا دیں پھر مجھ سے بات کریں۔ اسلم صاحب جس معمے کا ذکر کر رہے ہیں اس وقت میں خود اسی میں اُلجھا ہوا اپنے کو پا رہا ہوں۔

نیّر : بہتر ہے پہلے میں ان ہی سے بات کر لوں۔ معاف کیجئے گا شیخ صاحب میں ذرا ان سے بات کر ہی لوں۔ تشریف لایئے حضور۔

نیّر کو کیا معلوم تھا کہ یہ سب مِلی بھگت ہے۔ اسلم نے پارٹی سے واپس آ کر اب تک جو کچھ بتایا ہے وہ سب وہی ہے جو مسعود، طلعت اور کرنل شیخ سے پہلے ہی طے ہو چکا تھا۔ وہ تو اس وقت اسلم کے اس براہِ راست سوال پر اور شیخ کے سامنے اس سوال پر سٹ پٹا کر رہ گئی۔ بلکہ خود کرنل شیخ بھی حیران رہ گیا کہ اسلم قرارداد کے خلاف اس قدر ضد پر کیوں اُتر آیا۔ مگر وہ جو مسعود نے کہا تھا کہ اسلم اب تک خواہ کیسا ہی کامیاب اداکار ثابت ہوا ہو مگر اب شدّتِ جذبات کے ماتحت اس کی اداکاری میں اکھڑ پن پیدا ہو گیا ہے۔ چنانچہ اس وقت اس نے اکھڑ پن کی انتہا کر دی جس کا نتیجہ یہ ہوا کہ نیّر کے ہاتھوں کے طوطے اُڑ گئے۔ اس کو کرنل شیخ کے سامنے اپنے کو سنبھالنا مشکل ہو گیا اور اسلم کو علیحدہ لا کر اس نے اسلم کی وہ خبر لی ہے کہ اگر اسلم واقعی اپنے جذبات کے ہاتھوں بے قابو نہ ہو گیا ہوتا تو یہ اس کو دبا لیتی مگر اب تو اس نے صاف بغاوت کا اعلان کر دیا کہ آخر مجھ کو کیوں تختۂ مشق بنا دیا گیا ہے۔ میرے جذبات سے کیوں کھیلا جا رہا ہے۔ مجھ کو یہ یقین دلا کر کہ میں نیّر کا مرکزِ انتخاب ہوں اس بات کی کوشش کیوں کی جا رہی ہے کہ میں خود اس کا مفہوم ہی نہ سمجھوں۔ اس نے صاف صاف کہہ دیا کہ میں نیّر سے وابستگی میں اتنی دُور پہنچ چکا ہوں کہ اب وہاں سے واپسی خود میرے لئے ناممکن ہے اور نیّر آج پہلی مرتبہ سراسیمہ تھی کہ اپنی ہی لگائی ہوئی اس آگ سے اپنا دامن کیسے بچائے۔ اسلم نے کمال تو یہ کیا کہ نیّر سے یہ بھی کہہ دیا کہ مجھے معلوم ہے کہ تم دراصل مسعود سے محبت کرتی ہو اور مجھ کو صرف مسعود کے لئے ناقابلِ برداشت بنانے کے لئے ایک کھلونا بنایا گیا ہے۔ مگر یہ صورت خود میرے لئے ناقابلِ برداشت ہے۔ بمشکل تمام نیّر نے اس وقت تو اس کو سمجھا بجھا کر اس وعدے کے ساتھ خاموش کیا کہ کرنل شیخ کے جانے کے بعد وہ اس موضوع پر تفصیلی بات کرے گی مگر اس واقعہ نے خود اس کو اتنا اُلجھا دیا تھا کہ وہ کرنل شیخ کو بھی مطمئن نہ کر سکی اور بجائے اس کے کہ وہ اجازت چاہتے خود ناسازیٔ طبع کا بہانہ کر کے ان سے معذرت خواہ ہو کر اپنے کمرے میں آ گئی تاکہ دماغی توازن درست کرنے کے لئے یکسوئی حاصل کر سکے۔ اسلم نے کرنل شیخ کو جاتا ہوا دیکھ کر ان کو رخصت کرنے کا ارادہ کیا مگر باتیں کرتا ان کے ساتھ مسعود کے گھر تک پہنچ گیا۔

مسعود: آیئے آیئے اسلم صاحب۔ بھئی خوب لائے شیخ تم ان کو۔

شیخ: بھئی آج تو ان حضرت نے کمال ہی کر دیا۔ مسعود تم ٹھیک کہتے تھے کہ یہ نہایت اناڑی ایکٹر ہیں۔

طلعت: (آتے ہوئے) ارے اسلم صاحب؟ اچھا اچھا شیخ صاحب پکڑ کر لائے ہوں گے۔

مسعود: سنو تو سہی۔ شیخ تو کوئی نئی داستان لے کر آئے ہیں۔ ہاں تو کیا ہوا؟

شیخ: ان حضرت نے مجھے بھی سٹ پٹا دیا۔ یہ آخر سوجھی کیا تھی جناب کو۔ سنا آپ نے تمام اداکاری چھوڑ ایک مرتبہ میرا شیرا اُلجھ گیا نیر سے کہ آخر تمہارا مطلب کیا ہے؟ اور یہ تم نے ڈھونگ کیا رچا رکھا ہے۔

اسلم: تو آخر کوئی انتہا بھی ہوتی ہے بے وقوف بننے کی۔

طلعت: مگر آپ تو بے وقوف کا کردار ہی پیش کر رہے ہیں اس میں انتہا کا کیا سوال۔

اسلم: جی نہیں میں جس حد تک بے وقوف بن چکا ہوں اس سے زیادہ کی مجھ میں گنجائش نہیں ہے۔

مسعود: بھائی مجھے سمجھنے تو دو۔ اچھا جب تم نے براہ راست یہ سوال پیدا کر دیا تو نیر کا کیا عالم تھا۔

اسلم: پہلے تو شیخ صاحب کے سامنے وہ بہت جزبز ہوئیں۔ پھر مجھے تنہائی میں لا کر دھونس جمانا چاہی مگر میں نے آج صاف صاف کہہ ہی دیا:

یہی ہے آزمانا تو ستانا کس کو کہتے ہیں ؎ عدو کے ہو لیے جب تم تو میرا امتحاں کیوں ہو

طلعت: آداب بجا لاؤ مسعود۔ شعر غالب کا سہی مگر ممدوح تم ہی ہو۔

مسعود: اچھا پھر۔ پھر کیا کہا نیر نے۔

اسلم: صاحب طوطے کی طرح آنکھ پھیر کر حسب معمول غیر متعلق بن گئیں کہ خبردار جو آئندہ یہ خواب دیکھا۔ تمہارے ساتھ جو سلوک ہو رہا ہے اور تم کو جو خاک سے پاک کیا گیا ہے یہ معاوضہ ہے صرف اس کا کہ تم کو جو کچھ بنایا گیا ہے بنے رہو مگر اپنی اوقات کو نہ بھولو۔

طلعت: آپ نے کہہ دیا ہوتا کہ، مشق ذمہ دوری عشرت گہ خسرو کیا خوب۔

مسعود: تم کو سوجھ رہی ہے شاعری اور میں تفصیلات سننا چاہتا ہوں۔

طلعت: تفصیل ہی کیا ہوتی۔ یہ بے چارے آج تک ضبط کرتے رہے آج بے قابو ہو گئے ہوں گے۔
دل جو بے قابو ٹھیرا۔

اسلم: نہیں طلعت بہن آج مجھ کو شدّت سے اس بات کا احساس ہوا کہ محبت سہی مگر یہ بے حسی کیا معنی۔
میں محبت کو اتنا ذلیل بھی نہیں دیکھ سکتا۔

مسعود: بھائی میرے مشورہ تو کر لیا ہوتا۔ بنا بنایا کھیل بگاڑنے اور اتنی قربانیوں کو رائگاں کرنے سے آخر
فائدہ کیا ہوا۔

اسلم: جو کچھ بھی ہو مگر نیّر کا طرزِ عمل اب میرے لئے ناقابلِ برداشت بن چکا ہے۔

مسعود: تو گویا آپ سارا کھیل ختم کر دینے کا فیصلہ کر چکے ہیں۔

اسلم: میں اور کوئی راز تو نہیں کھول رہا ہوں۔ میں نے تو اس کو صرف یہ جتایا ہے کہ اس نے خواہ کسی
وجہ سے سہی میرے احساس کو بیدار کیا ہے تو میں اپنی کھلی ہوئی آنکھوں سے جو کچھ دیکھ رہا ہوں
اس کو کب تک خواب سمجھوں اور کب تک یہ یقین کروں کہ خواب کی تعبیر اُلٹی ہو گی۔

طلعت: مگر کمال کرتے ہیں آپ زبردستی کسی کو محبت پر کیوں کر آمادہ کریں گے۔ جو زبردستی نیّر مسعود کے
ساتھ چاہتی ہے وہی زبردستی آپ اس سے کر رہے ہیں۔ یہ تو عجیب یک طرفہ فیصلہ ہے۔

اسلم: جی نہیں بلکہ آج میں نے اپنے میں عجیب انقلاب محسوس کیا ہے کہ آئینِ وفا بدل بھی سکتا ہے۔
محبت کو نفرت بننا بھی آتا ہے۔

مسعود: لاحول ولا قوۃ۔ آپ صرف محبت محبّت کی رٹ لگائے ہوئے ہیں۔ میں پوچھتا ہوں آخر اس جاگیر کا کیا
ہو گا جس کے لئے آپ نے اتنے پاپڑ بیلے ہیں۔

اسلم: مسعود بھائی مجھے اب اس کی بھی ضرورت نہیں۔ جو شخص محبت کی قربانی دے سکتا ہے وہ جاگیر

کوکب خاطر میں لائے گا۔

کرنل: ہاں یاد آگیا وہ شعر یہ ہے۔

طلعت: شعر؟ شعر کا یہاں کیا ذکر تھا۔

کرنل: یہ کہہ رہے تھے ناکہ آئینِ وفا بدل سکتا ہے۔ میں ایک شعر یاد کررہا تھا۔ اب یاد آیا کہ:

دل ایسی چیز کو ٹھکرادیا نخوت پرستوں نے ❊ بہت مجبور ہو کر ہم نے آئینِ وفا بدلا

مسعود: بھئی خدا کے لئے مجھے کسی ایسی صورت پر غور کر لینے دو کہ سانپ بھی مرجائے اور لاٹھی بھی نہ ٹوٹے۔

کرنل: وہ ترکیب تو صرف یہ ہے کہ تم کسی طرح اپنی شادی کرکے اس کو اپنے سے مایوس کردو جب تک اس کو تمہاری آس ہے وہ یہی حرکتیں کرے گی بات یہ ہے ناکہ "پیا ملن کی آس"

اس پیا ملن کی آس پر اور تو سب خیر ہنس پڑے مگر مسعود نے جو واقعی اس وقت سنجیدگی سے غور کررہا تھا سب کی ہنسی پر چونک کر اور خود بھی اس پیا ملن کی آس پر غور کرتے ہوئے کہا "جواب نہیں ہے کرنل تمہارے بے تکے پن کا اور میں نے اندازہ کیا ہے کہ جتنا ہی معاملہ سنجیدہ ہوتا ہے اتنا ہی جناب کا یہ بے تکا پن شباب پر آتا ہے۔"

کرنل: حضت میں مذاق نہیں کررہا ہوں اور نہ یہ میرا بے تکا پن ہے۔ میں دعوے سے کہتا ہوں کہ نیر اس وقت تک بلکہ اسی وقت تک یہ تیزی اور یہ اکڑفوں دکھارہی ہے جب تک اس کو اس بات کا یقین ہے کہ تم سوائے اس کے اور کسی کے نہیں ہوسکتے۔

مسعود: کیا باتیں کررہے ہو۔ اگر یہ غلط فہمی تھی بھی تو اب کیسے ہوسکتی ہے۔

اسلم: نہیں صاحب یہ غلط ہے۔ مجھے کرنل صاحب سے سو لہ آنے اتفاق ہے کہ اس کو یہ غلط فہمی اب تک گھیرے ہے اور یہ واقعہ ہے کہ یہی غلط فہمی اس کی اصل طاقت ہے۔ اگر آج اس کو یقین ہو جائے کہ وہ آپ کو واقعی حاصل نہ کر سکے گی تو اس کی یہ کیفیت باقی نہ رہے۔ یہی پندار تو اس کی اصل بیماری ہے کہ آپ کے دل میں اس کا چور موجود ہے اور آپ اپنے کو دانستہ دھوکہ دے رہے ہیں۔

طلعت: میری بھی یہی رائے ہے۔

اسلم: خیر آپ تو اس معاملے میں چُپ ہی رہیں تو اچھا ہے اس لئے کہ اس قسم کے موقعوں پر لڑکی ذات کو نہ بولنا چاہئے۔

کرنل: ٹھیک فرماتی ہیں نانی جان آپ۔

اور تو سب ہنس کر چپ ہو گئے مگر طلعت واقعی خالص مشرقی انداز سے جھینپ کر وہاں سے چلی گئی اور اس کے اس طرح جھینپنے پر اور بھی قہقہہ پڑا۔ جب یہ ہنسی تھمی تو مسعود نے کہا۔

مسعود: میں بھی اب اس نتیجہ پر پہنچ رہا ہوں کہ واقعی جب تک نیر کو اس طرف سے مایوس نہ کیا جائے گا اس کی اصلاح ناممکن ہے۔

کرنل: بلکہ جب تک وہ جناب کی طرف سے مایوس نہ ہو گی ہمارے اسلم میاں کی دال نہ گل سکے گی۔ اس لئے کہ فی الحال تو وہ کچھ اور سوچنے سمجھنے کے لئے تیار ہی نہیں ہے۔

مسعود نے اٹھتے ہوئے کہا: "بہت اچھا میں اس کی ترکیب بھی نکالتا ہوں مگر اس کے لئے مجھے طلعت سے مشورے کی ضرورت ہے جس کو آپ سب نے یہاں سے بھگا دیا ہے۔" یہ کہہ کر مسعود بھی اندر چلا گیا اور یہاں یہ محفل برہم ہو گئی۔

وہ جو ایک محاورہ ہے اُلٹی آنتیں گلے پڑیں۔ وہی حال نیر کا تھا۔ اسلم کے متعلق اس کے وہم و گمان میں بھی نہ تھا کہ اس کا یہ سعادت مند اور ہونہار شاگرد فارغ التحصیل ہو کر اپنے کو مکتبِ غمِ عشق کا طالب علم ثابت کرے گا۔ وہ اپنے نزدیک اس کو ایک ایسا جانور سمجھ کر سدھا رہی تھی جو اس کے اشاروں پر چلے گا اور اپنی عقل سے کبھی کام نہ لے سکے گا مگر اسلم تو اس کے لئے مصیبت بن گیا۔ کرنل شیخ کے سامنے اپنی اس بلی نے اس سے میاؤں کہا تھا اور اب وہ حیران تھی کہ آخر ہو گیا کیا۔ اسلم تو اس کی جان کا گاہک بن چکا ہے وہ چلی تو نماز بخشوانے وہاں روزے بھی گلے پڑے۔ سچ تو یہ ہے کہ اسلم سے اب وہ ڈرنے لگی تھی اور اپنے میں اتنی جرأت نہ پاتی تھی کہ اسلم سے کوئی فیصلہ کن بات کر سکے۔ مسعود والا قصہ تو گیا جہنم میں اب تو اس کے لئے سب سے بڑا مسئلہ یہ تھا کہ کسی طرح اسلم سے نجات حاصل کرے اور عالم یہ تھا کہ وہ اسلم سے جان بچاتی پھرتی تھی اور اسلم گویا یہ طے کر چکا تھا کہ وہ نیر سے اپنی قسمت کا فیصلہ کرا کے رہے گا۔ وہ اس کو طرح طرح سے گھیرنا چاہتا تھا اور نیر ہر مرتبہ صاف نکل جاتی تھی۔ کاش وہ اندازہ کر سکتا کہ نیر کی حالت آج کل کس حد تک قابلِ رحم تھی۔ وہ نہ کسی سے ملتی تھی نہ گھر میں کسی چہل پہل کی روادار تھی۔ اس عالم میں اگر اس کا کوئی غم گسار تھا تو صرف ہیرا جس سے اپنے مرحوم مالک کی اس لاڈلی کا یہ حال دیکھا نہ جاتا تھا۔ معلوم نہیں اس نے نیر سے

کوئی بات کی تھی یا خود ہی اس کو یہ سوجھی کہ اسلم کے کمرے میں آ کر اسلم کو سمجھانے کی کوشش شروع کر دی غالباً مس روبی یہی خدمت پہلے سے انجام دے رہی تھیں۔

بیرا: صاحب ایک بات کہوں۔ اگر آپ بُرا نہ مانیں۔

اسلم: بڑے تکلف سے بات کر رہے ہو آج تو۔ قصہ کیا ہے آخر۔

بیرا: میں تو یہ کہنے آیا تھا کہ جس ڈال پر کوئی بیٹھے اسے کاٹنا نہیں چاہئے۔ میں تو اسی کا قائل ہوں کہ جس ہانڈی میں کھائے اُس میں چھید نہ کرے۔

اسلم: میں سمجھا نہیں تم کیا کہنا چاہتے ہو۔

بیرا: بی بی کا آج کل جو حال ہے وہ مجھ سے دیکھا نہیں جاتا اور میں جانتا ہوں یہ سب کچھ آپ ہی کی وجہ سے ہے۔

اسلم: اور میرا یہ حال تم سے دیکھا جا رہا ہے جو تمہاری بی بی کی وجہ سے ہے۔

روبی: خطا معاف آپ کی حالت تو اُس بچے کی سی ہے جو چاند کے لئے ضد کرے۔

اسلم: مس روبی میں جانتا ہوں آپ اتنی نا سمجھ نہیں ہیں جتنی بھولی بن رہی ہیں۔ آپ کو معلوم ہے کہ یہ ضد اس چاند نے خود پیدا کرائی ہے اور بیرا تم یہاں کی ایک ایک بات سے واقف ہو۔ تم کو معلوم ہے کہ مجھے یہاں اس لئے لایا گیا تھا کہ مجھے جانور سے آدمی بنا کر تمہاری بی بی اس قابل بنا دیں کہ مجھ سے مسعود کو جلا سکیں۔ مگر یہ بات مجھے اُس وقت معلوم ہو سکی جب میں اس بات کا یقین کر چکا تھا کہ تمہاری بی بی مجھ کو اپنے قابل بنا رہی ہیں۔

بیرا: میں جانتا ہوں۔ یہ ان کی غلطی تھی۔ ان کی سب سے پہلی غلطی یہ تھی کہ وہ مسعود میاں کو غلط سمجھیں۔ دوسری غلطی یہ تھی کہ جب مسعود میاں کو وہ سمجھ گئیں تو ان کے ایسے ہیرا آدمی کو اپنا مخالف سمجھ بیٹھیں اور ان کو اپنے گھر سے چلا جانے دیا۔ تیسری غلطی یہ تھی کہ مسعود میاں کو جلانے کے لئے

وہ آپ کو پکڑ لائیں۔

اسلم : اور آخری غلطی یہ تھی کہ مجھ کو اپنا منگیتر ظاہر کر کے میرے دل میں یہ خیال پختہ کر دیا کہ وہ میری بن رہی ہیں اور مجھے اپنا بنا رہی ہیں۔

روبی : جی ہاں۔ مگر ان سب غلطیوں سے بڑی غلطی اب آپ کر رہے ہیں کہ ان کے دل میں اپنے لئے جگہ ڈھونڈھ رہے ہیں۔ اسلم میاں میری یہ بات گرہ میں باندھ لیجئے کہ نیر بی بی آپ کی کبھی نہیں ہو سکتیں۔ آپ خواہ مخواہ اپنے کو اور ان کو پریشان کر رہے ہیں۔

اسلم : مگر یہ بات آپ مجھ کو اس وقت بتا رہی ہیں جب میں اپنے کو خواہ مخواہ سہی مگر نیر کا بنا چکا ہوں۔ نیر نے میرے دل میں اپنے واسطے جو جگہ بنائی ہے وہ بغیر اس کے ایک سنسان سا ویرانہ ہے جس میں صرف اسی کا تصور گونج رہا ہے۔

روبی : نہ جانے آپ کیا کہہ رہے ہیں اسلم میاں۔ میں تو یہ کہتی ہوں کہ پہلے تو نیر بی بی خواہ مخواہ مسعود میاں کو اپنا سمجھتی رہیں پھر خواہ مخواہ آپ کو اپنا ظاہر کرتی پھریں۔

اسلم : معاف کیجئے مس روبی، میں بیرا سے ایک خاص بات پوچھ لوں۔ بیرا تم اصغر میاں کو جانتے ہو جو خان بہادر صاحب مشہور تھے۔ تمہارے نواب کے بڑے دوست تھے۔

بیرا : ان کو آپ کیسے جانتے ہیں۔ میں تو سمجھتا تھا کہ ان کا جاننے والا ایک میں ہی ہوں۔ بڑی خدمت کی ہے میں نے ان کی بھی۔

اسلم : مجھے یقین ہے کہ تم کو یہ بھی معلوم ہوگا کہ ان ہی خان بہادر صاحب کی دوستی نے ممتاز الدولہ کو اتنا بڑا آدمی بنا دیا۔

بیرا : مجھے سب معلوم ہے مگر اب ان باتوں سے کیا حاصل۔ پیسے کے لئے دنیا میں کیا کچھ نہیں ہوتا۔

اسلم : ہاں سب کچھ ہوتا ہے۔ اس حد تک ہوتا ہے کہ اس تمام دولت کا اصل وارث اس وقت تمہارے

سامنے اس طرح موجود ہے کہ . . . .

بیرا: آپ ـــــ اکبر میاں ـــــ مجھے پہلے ہی شبہ تھا کہ یہ صورت دیکھی بھالی ہے۔ بچپن میں بہت دیکھا۔ جوانی میں صرف ایک مرتبہ دیکھا جب نواب صاحب کی زندگی میں آپ تجوری سے کاغذ نکالنے آئے تھے اور چوری کے الزام میں پکڑے گئے تھے۔ مگر . . . .

اسلم: مگر کچھ نہیں بیرا۔ میں جیل سے رہا ہو کر اسی لئے یہاں آیا تھا کہ نہ صرف اپنی جائداد حاصل کروں گا بلکہ غاصبوں سے انتقام بھی لوں گا مگر یہاں گل ہی دوسرا کھل گیا۔ نیتر نے اپنے خاندانی دشمن کو اپنا گرویدہ بنا لیا اور ـــــ

بیرا: اکبر میاں غضب کر دیا آپ نے بھی۔ یہ بات آپ مجھ کو اب بتا رہے ہیں جب اپنی اتنی گت بنوا چکے۔ آپ کو نہیں معلوم کہ خان بہادر صاحب اللہ بخشے اسی گھر میں کیسی کیسی تکلیفیں اٹھا کر مرے ہیں اور ایک میں تھا جس نے ان کی اُس وقت خدمت کی ہے جب وہ بے چارے اپنے حواس ہی میں نہ تھے۔ اگر مجھے پتہ چل جاتا کہ آپ اکبر میاں ہیں تو کیوں یہ نوبت آتی۔

اسلم: بہر حال اب بھی سویرا ہے۔

بیرا: آپ کے کاغذ میں دوں گا آپ کو۔ میں گواہ موجود ہوں کہ یہ دولت آپ کی ہے۔ میں گواہی دوں گا کہ آپ کے باپ کے ساتھ نواب صاحب نے کیا سلوک کیا ہے۔ ان کو کس طرح پاگل بنایا گیا اور کیوں کر ان کی دولت ہتھیائی گئی۔

روبی: یہاں تو قصہ ہی کچھ اور چھڑ گیا۔

اسلم: بیرا میں یہ کچھ نہیں چاہتا۔ میں تو صرف یہ چاہتا ہوں کہ اس دولت کی جو مالک ہے وہی میری مالک بن جائے۔

بیرا: پھر وہی لڑکپن کی باتیں۔ اکبر میاں۔ سانپ کا بچہ سنپولیا ہی ہوتا ہے۔ آپ سنپولئے سے امرت

کی امید نہ رکھیں۔ اس کا تحفہ تو زہر ہی ہوتا ہے۔ دوسرے میں آپ کو کیسے بتاؤں کہ وہ مسعود میاں کی دیوانی ہے۔ اللہ بچائے بے چارے مسعود میاں کو۔ فرشتہ ہے وہ آدمی فرشتہ۔ اگر میری مانو اکبر میاں تو مسعود میاں کو اپنا رازدار بنالو۔

اسلم : وہ میرے رازدار ہیں اور میں انہیں سب کچھ بتا چکا ہوں۔ مگر وہ بھی کیا کر سکتے ہیں۔

بیرا : چُپ رہئے وہ آ رہی ہیں۔

نیّر : (قریب آتے ہوئے) اسلم صاحب میں آپ کو ڈھونڈھ رہی تھی۔

اسلم : زہے نصیب۔

نیّر : آپ کرنل شیخ سے آخری مرتبہ کب ملے تھے ؟

اسلم : کرنل شیخ سے۔ غالباً پرسوں۔ کیوں بات کیا ہے ؟

نیّر : کوئی خاص بات سُنی تھی اُن سے آپ نے۔ میرا مطلب ہے مسعود کے متعلق۔

اسلم : میرے اور ان کے درمیان عام طور پر خاص ہی باتیں ہوتی ہیں۔ آپ کا کس قسم کی بات سے مطلب ہے ؟

نیّر : آپ فوراً ان لوگوں کے پاس جائیے اور مجھے آکر اطلاع دیجئے کہ وہاں کیا ہو رہا ہے۔ مجھے معلوم ہوا ہے کہ آج مسعود اور طلعت کا نکاح ہے۔

بیرا : بیاہ ہے مسعود میاں کا۔

اسلم : میں ابھی جاتا ہوں۔ مگر حیرت ہے کہ مجھے مدعو نہیں کیا اور نہ مجھ سے کوئی خاص ذکر آیا۔

نیّر کی اطلاع غلط نہ تھی۔ اسلم کو مسعود کے گھر پہنچ کر معلوم ہوا کہ واقعی آج نہایت سادگی کے ساتھ

طلعت کا نکاح مسعود سے ہو رہا ہے اور اس اچانک تقریب کی وجہ یہ ہے کہ طلعت کی والدہ کا پروگرام حج بیت اللہ کا بن چکا ہے۔ اسلم کو دیکھتے ہی مسعود نے بڑی حیرت سے کہا۔

مسعود: کرنل شیخ کہاں ہیں؟

اسلم: سہرا گند سوار ہے ہوں گے کہیں۔

مسعود: بھئی وہ تم کو بلانے گئے ہوئے ہیں صبح سے، میں تو سمجھا تھا کہ نیرّ نے ان کو بھی گرفتار کر لیا، تو کیا وہ تم سے بالکل نہیں ملے۔

اسلم: شیخ صاحب سے تو ملاقات ہوئی نہیں۔ البتہ یہ خبر مجھ کو نیرّ ہی نے سنائی ہے۔

مسعود: بہر حال میں آج حسب وعدہ آپ کے راستے سے ہٹ رہا ہوں۔ طلعت کی والدہ کا اصرار تھا کہ آج ہی دو چار آدمیوں کے سامنے دو بول پڑھ دیے جائیں، ابھی چند گھنٹے ہوئے یہ پروگرام بنا ہے لہٰذا سب سے پہلے تم کو بلوانے کی کوشش کی گئی اور شیخ صاحب سے بھی ہم ہاتھ دھو بیٹھے۔ سمجھ میں نہیں آتا یہ حضرت گئے کہاں آخر؟

طلعت: (آتے ہوئے) ارے آپ —— آپ آ گئے۔ شیخ صاحب کہاں گئے۔

مسعود: ان کو تو نیرّ نے خبر دی ہے شیخ صاحب لاپتہ ہیں۔

اسلم: مگر میں یہ کہتا ہوں کہ دلہن بی آج تو ذرا شرم کر لیجئے۔ مونہہ پر ٹھیکرے برسنے لگیں گے۔ بھلا غضب خدا کا یہ دلہن پھر رہی ہے مونہہ جھاڑ سر پہاڑ۔

مسعود: یہ کیا خالاؤں اماؤں کی سی باتیں شروع کر دیں۔ لیجئے تشریف لا رہے ہیں۔

اسلم: آداب بجا لاتا ہوں حضور!

شیخ صاحب: (ہنس کر) تم تو پیشگی ہی آ گئے۔ یار میں پھنس گیا تھا جوہری کی دوکان پر۔ تحفہ دینے کے لئے ایک نکلس پسند کیا تو اس میں نگ ہی نہ تھے۔ اپنے سامنے بیٹھ کر لگوائے ہیں۔

مسعود: اور منع جو کیا تھا تم کو کہ یہ تکلف کا موقع نہیں ہے۔

شیخ صاحب: جناب کے مشورے کا شکریہ مگر یہ تکلف نہیں بلکہ فرض تھا۔ دیکھو بھئی طلعت ہے کیسا۔ ایک سو ایک نکلسوں میں سے یہ چُنا ہے۔

طلعت: کیا کہنا ہے آپ کے انتخاب کا مگر خدا نہ کرے کہ کوئی آپ کے سپرد کوئی انتظام کرے۔

شیخ صاحب: بابا وہ سب کچھ ہو گیا ہے اگر اپنی شادی کے انتظامات میں آپ دخل نہ دیں تو کوئی مضائقہ ہے؟

اسلم: یہی میں بھی کہہ رہا تھا کہ تھوڑی دیر تو دلہن بن لو۔

شیخ صاحب: یار تیرا میدان آج صاف ہو رہا ہے۔ "آگے قسمت ہے تری اور ہمتِ مردانہ ہے۔"

اسلم: حضورِ والا آج تو نیّر بیگم بڑی سراسیمہ نظر آ رہی تھیں۔ مجھے خاص طور پر بھیجا ہے کہ میں اس خبر کی تصدیق کروں۔

شیخ: بھئی مسعود تم کو چاہئے کہ نیّر کو خود بھی اطلاع کرو۔

مسعود: میں خود سوچ رہا تھا مگر کہیں وہ اس کو چھیڑ چھاڑ نہ سمجھیں ان کے دماغ کا کیا ٹھکانہ؟

طلعت: وہ سمجھیں تو سمجھا کریں۔ مگر آپ کو چاہئے کہ آپ اپنی بہن کی حیثیت سے ان کو شرکت پر آمادہ کریں۔ بہر حال منانا تو پڑے ہی گا۔

اسلم: اب اس جھگڑے میں آپ لوگ نہ پڑیں تو اچھا ہے۔

مسعود: خیر میں اس جھگڑے میں پڑنے سے ڈرتا نہیں ہوں مگر نیّر کہیں یہاں کی محفل کا رنگ پھیکا نہ کر دے۔

شیخ: رنگ تو وہ پھیکا اس وقت کریں گی جب اُن کا آنے کا بھی ارادہ ہو۔ مجھے تو یقین نہیں کہ وہ آئیں۔

طلعت: مسعود میری رائے میں وہ آئیں یا نہ آئیں تم تو اپنا فرض پورا کرو۔

اور سب کی آخر میں یہی رائے ہو گئی کہ اتنے دنوں کے بعد مسعود خود نیر کے پاس جائے اور اس کو اپنی بہن کی حیثیت سے نکاح میں شرکت کی دعوت دے۔ یہ کام آسان نہ تھا مگر مسعود نے ہمت کی اور وہ کرنل شیخ اور اسلم کے ساتھ نیر کے یہاں جا پہنچا۔ جس وقت نیر کو مسعود کے آنے کی خبر ہوئی ہے وہ اس خلافِ توقع واقعہ پر کچھ گھبرا سی گئی مگر پھر بہت ہی لئے دئے انداز سے گول کمرے میں آگئی جہاں سب اس کے منتظر تھے۔

نیر: آداب عرض کرتی ہوں شیخ صاحب۔ یہ کہاں راستہ بھول پڑے آپ۔

مسعود: راستہ تو میں بھول پڑا ہوں یا زیادہ صحیح یہ ہے راستہ میں نے یاد کیا ہے۔

نیر: شکریہ آپ کا۔ عزت افزائی فرمائی آپ نے۔

شیخ: بھئی بقول شخصے 'وقت ہے تھوڑا کام بہت ہے' لہٰذا بغیر کسی تمہید کے یہ عرض کرنا ہے کہ مسعود آج آپ کو یہ یاد دلانے آئے ہیں کہ آپ ان کی بہن ہیں اور یہ بہ حیثیت بہن کے آپ کو اپنے نکاح میں شرکت کی دعوت دے رہے ہیں۔

مسعود: یہ دعوت میں خود دوں گا۔ میں اپنی بچھڑی ہوئی بہن کو منانے آیا ہوں۔

نیر: اس پرسش کا شکریہ۔ اور بھی کچھ کہنا ہے؟

مسعود: ہاں۔ اور یہ کہنا ہے کہ میں تم کو اپنے ساتھ لے کر جاؤں گا۔

نیر: نوازش آپ کی۔

اور سب نے دیکھا کہ اس کے پھیکے چہرے پر جہاں اب تک ہوائیاں اُڑ رہی تھیں ہلکی سی سُرخی نمودار ہوئی۔ دونوں ہونٹ کانپے اور آنکھوں میں نمی سی پیدا ہوئی۔ اس کے بعد وہ ایک چھلاوے کی طرح کمرے سے غائب ہوگئی۔ پہلے تو سب دم بخود بیٹھے رہے۔ اس کے بعد مسعود اٹھا اور وہ بھی کمرے کے باہر چلا گیا۔ کچھ دیر سناٹا چھایا رہا پھر برابر کے کمرے سے نیرؔ کی ہچکیوں اور سسکیوں کی آوازیں آتی رہیں اور ساتھ ہی ساتھ مسعود کی آواز بھی جو کچھ لمبے لمبے فقرے کہتا ہوا سنائی دیتا تھا۔ گول کمرے میں اس وقت شیخ صاحب کے بے معنی قہقہے بھی گُنگ تھے اور اسلم بھی بُت بنا بیٹھا تھا۔ آخر مسعود کی آواز گونجی جو بیرے کو بُلا رہا تھا۔ اس وقت نیرؔ کی ہچکیاں اور سسکیاں بند ہو چکی تھیں۔ تھوڑی دیر کے بعد مسعود نیرؔ کے شانے پر ہاتھ رکھے ہوئے کمرے میں آیا۔

مسعود: لو بھئی دیکھ لو میری پگلی بہن کو، رو رو کر آنکھیں سُجالی ہیں۔ مگر اب میری بہن میری شادی میں شرکت کرے گی۔

شیخ: یعنی آج نکاح میں نہیں۔

مسعود: نہایت مہمل ہیں آپ، میں اسی کو شادی کہہ رہا ہوں۔ میری مسرت کا اندازہ کر و کہ مجھ کو اپنی کھوئی ہوئی بہن بھی مل گئی۔

شیخ: یار تم یقیناً جادوگر ہو۔ بہر حال خدا مبارک کرے۔ اسلم صاحب مبارک باد دیجئے نا۔

نیرؔ: اسلم صاحب۔ نہیں اکبر صاحب۔

اسلم: (چونک کر) جی؟ کیا فرمایا آپ نے۔

نیرؔ: اب زیادہ بننے کی کوشش نہ کیجئے جس کھیل میں آپ اپنی کامیاب اداکاری کے جوہر دکھا رہے تھے وہ ختم ہو چکا۔ مجھ کو بہت کچھ مس ردبی اور بیرے سے معلوم ہو چکا تھا۔ جو باقی تھا وہ میں نے مسعود —— یعنی مسعود بھائی جان سے سُن لیا۔

کرنل شیخ: مسعود بھائی جان؟ اب مجھے یقین آیا کہ واقعی مسعود کو بچھڑی ہوئی بہن مل گئی۔

بیرا: (کمرے میں آتے ہوئے) اللہ جانتا ہے چھوٹے میاں آج جامن کے پیڑ پر صبح ہی صبح کوؤں کی برات آئی تھی۔ میرا دل کہہ رہا تھا کہ آج ضرور کچھ ہونے والا ہے۔

کرنل شیخ: تم ٹھیک کہتے ہو۔ آج ایک اشرف المخلوقات کوّے کی برات ہے۔

نیّر: اچھا بیرا تم جلدی کر و مس روبی سے کہو کہ میرے کپڑے نکالیں مجھ کو شادی میں جانا ہے۔

بیرا: نہیں بی بی اب برات اسی گھر سے جائے اور دلہن اسی گھر میں آئے۔

اسلم: بات تو معقول ہے۔ میری بھی یہی رائے ہے۔

اور یہ رائے واقعی ایسی تھی کہ سب ہی نے اس سے اتفاق کیا اور اسی گھر میں برات کے انتظامات شروع ہو گئے۔

آج نواب ممتاز الدولہ کی کوٹھی میں عجیب چہل پہل نظر آرہی تھی۔ کئی موٹر بھی موجود تھے اور ایک موٹر کو پھولوں سے آراستہ کرنے میں بیرا اپنی تمام کاریگری صرف کردینا چاہتا تھا۔ کرنل شیخ کے قبضے میں ایک گاڑی تھی جو کبھی فراٹے بھرتی ہوئی آتی تھی اور کبھی پھر فراٹے بھرتی ہوئی چلی جاتی تھی۔ آخر مغرب سے کچھ پہلے مسعود کو کرنل شیخ، اسلم، جلال اور رفیق گھیرے ہوئے باہر لائے۔ اسلم نے زبردستی اس کے گلے میں ایک گوٹے کا ہار ڈال دیا ورنہ وہ سلیٹی رنگ کے نہایت خوش وضع سوٹ میں اپنی چھب تو ضرور دکھا رہا تھا مگر دولہا ہرگز نہ معلوم ہوتا تھا۔ ابھی اسلم نے گوٹے کا ہار ڈالا ہی تھا کہ نیر جو واقعی سمدھنوں والے لباس میں تھی دوڑتی ہوئی آئی اور اس نے پھولوں کا ایک موٹا سا گجرا مسعود کی گردن میں ڈالنا چاہا تو مسعود ایک قدم پیچھے ہٹ گیا اور ہاتھ سے نیر کو روک کر کہا "بھئی یہ کیا واہیات ہے۔ خواہ مخواہ چغد بنانے سے آخر کیا فائدہ"

نیر: دیکھ رہے ہیں آپ کرنل صاحب ان کے ساتھ رعایت جو کی گئی ہے تو دماغ ہی خراب ہوگیا۔ شکر ادا نہیں کرتے کہ سہرے سے ان کو بخش دیا ہے۔

کرنل شیخ: حالانکہ میں اس رعایت سے خوش نہیں ہوں۔ شادی کرنے چلے ہیں اور سہرے سے ڈرتے

ہیں۔ وہی مثل کہ گڑ کھائیں اور گلگلوں سے پرہیز۔ پہنا دو یہ ہار زبردستی۔

مسعود: (گردن جھکا کر) بہتر ہے صاحب میں اپنی بہن سے یوں ہی ڈرتا ہوں کہیں پھر نہ روٹھ جائے۔

کرنل شیخ: اور میں نے کہا مس روبی کہاں غائب ہیں۔

نیّر: خیریت تو ہے کرنل صاحب یہ مس روبی کی طرف جو خاص توجہ جناب فرما رہے ہیں یہ نہ سمجھئے گا اس کو ہم لوگ جناب کا محض اخلاق سمجھ کر چپ ہو رہیں گے۔ آخر یہ قصّہ کیا ہے۔

رفیق: آپ اگر یہ سوال نہ کرتیں تو ہم میں سے کسی اور کو یہی بات پوچھنا پڑتی۔ واقعی کرنل صاحب مزاج تو اچھے ہیں۔

کرنل: یعنی خواہ مخواہ بھی۔ میں نے تو ایک بات پوچھی کہ وہ نظر نہیں آتیں۔

اسلم: حضورِ والا یہ بات یوں ہی تو جناب نے ہرگز نہیں پوچھی ہے۔ میں تو کئی مرتبہ اندازہ کر چکا ہوں کہ کچھ خاص ہی توجہ ہے۔

مسعود: خیر اب تو یہ قصّے شروع ہی ہو چکے ہیں۔ انشاءاللہ ان کے سہرے کے پھول بھی کھل ہی جائیں گے۔

کرنل: بے ہودے ہیں آپ۔ ذرا سی بات پوچھ کر گناہ گار ہو گیا۔

نیّر: مس روبی کو پہلے ہی طلعت بھابی کے پاس روانہ کر دیا ہے تاکہ وہ وہاں کے انتظامات کی دیکھ بھال کریں۔ بہرحال یہ بات میں مس روبی سے کہوں گی ضرور کہ کرنل صاحب کی طبیعت تمہارے لئے کچھ ناساز ہے۔

کرنل: نیّر بخدا لڑائی ہو جائے گی اگر تم نے یہ شرارت کی۔ بہرحال اب روانگی میں دیر نہ کرو وہاں انتظام ہو رہا ہوگا۔

مسعود کو پھولوں سے آراستہ کار میں نیر خود لے کر بیٹھ گئی اور باقی دوست دوسری گاڑیوں میں روانہ ہوئے۔ جس وقت یہ سادہ برات طلعت کے گھر پہنچی ہے سب یہ دیکھ کر حیران رہ گئے کہ اتنی ہی دیر میں مس روبی نے اس گھر کو بھی نہایت نفاست اور سلیقے کے ساتھ آراستہ کر دیا تھا۔ حد یہ ہے کہ دولہا کو پھولوں کی چادروں سے آراستہ ایک بارگاہ میں بٹھایا گیا اور تھوڑی ہی دیر میں قاضی صاحب نے مسعود اور طلعت کو ہمیشہ کے لئے ایک دوسرے سے وابستہ کر دیا۔ نکاح ہو جانے کے بعد جب قاضی صاحب واپس تشریف لے گئے تو مس روبی اور نیر طلعت کو بھی باہر لے آئیں۔ طلعت اس وقت عنابی رنگ کی جھلملاتی ہوئی ساری میں واقعی دلہنوں کی طرح سمٹنے کی کوشش کر رہی تھی۔ اس کو دیکھ کر اسلم نے کہا "یعنی واقعی آپ تو غالباً شرمانے کی کوشش کر رہی ہیں۔"

نیر: غالباً نہیں یقیناً یہی کوشش ہے مگر اس پر جناب کو کچھ اعتراض ہے۔

کرنل: اعتراض تو خیر کیا ہوتا البتہ حیرت ضرور ہو رہی ہے کہ شرمانے کی کس قدر کامیاب ایکٹنگ کی جا رہی ہے۔

مس روبی: جی نہیں یہ ایکٹنگ نہیں ہے بلکہ یہ ایک مشرقی عورت کی بے ساختگی ہے۔

کرنل: اچھا یعنی آپ بھی جانتی ہیں مشرقی عورت کی بے ساختگی کو۔

مس روبی: جی ہاں اس لئے کہ عورت تو میں بھی ہوں اور نصف مشرقی بھی ہوں۔

کرنل: مان گئے صاحب۔ قائل کر دیا آپ نے۔

اسلم: وہ تو ہونا ہی تھا آپ کو قائل۔ مس روبی ہی آپ کو قائل کر سکتی ہیں۔

کرنل: تم مانو گے نہیں اسلم۔ خبردار جواب بولے۔ مسعود کو دیکھو کس قدر باقاعدہ دولہا بنا خاموش بیٹھا ہے۔

مسعود : مس روبی آپ کو اس گھر میں چونکہ پورا اختیار ہے لہٰذا اب کھانا کھلوایئے تاکہ روانگی جلد ہو سکے۔

مس روبی : ایسی بھی کیا بے صبری مسعود صاحب۔ دلہن تو اب مل ہی گئی ہے۔ یہ اچھی محبت ہے کہ بھوک دل سے زیادہ ستا رہی ہے۔

رفیق : ان کو تو دلہن مل گئی ہم تو صرف پیٹ کی روٹی چاہتے ہیں۔

مس روبی : بس ابھی لیجئے۔ غالباً میز چن دی گئی ہو گی۔ میں دیکھتی ہوں جا کر۔

مس روبی کے جانے کے بعد سب نے کرنل شیخ کی طرف بیک وقت دیکھا جو حدِ نظر تک مس روبی کا نگاہوں سے تعاقب کرنے میں مصروف تھے اور جب وہ نگاہوں سے اوجھل ہو گئی تو ایک دم سب کو اپنی طرف دیکھتا ہوا دیکھ کر کچھ شرمندہ سے ہو گئے تو سب نے قہقہہ بلند کر کے اور بھی ان کو شرمندہ کر دیا اور وہ اپنی خفت مٹانے کے لئے خود بھی کھسیانی ہنسی ہنس کر بولے " بھئی تم لوگ مجھ کو واقعی نکو بنا دو گے "

اسلم : مجھے ایک شعر کسی کا یاد آ گیا ہے پہلے وہ سن لو ورنہ بھول جاؤں گا :

ہمارے واسطے اب موت بن کے پلٹی ہے
وہی نگاہ جو ان کو گئی تھی پہنچانے

کرنل شیخ : حالانکہ میں بخدا یہ دیکھ رہا تھا کہ اس لڑکی کو نیتر نے غرارہ پہنا کر اس کا حلیہ ہی بدل دیا۔

مسعود : داد دیتا ہوں پہلے تو لفظ لڑکی استعمال کرنے کی ——

طلعت : (بات کاٹ کر) میں بھی اس لفظ لڑکی پر چونکی تھی۔

کرنل شیخ، لیجئے صاحب چھٹی ہوئی وہ جو شرم کی عارضی کوشش کی گئی تھی ختم ہو گئی۔

نیّر، اب آپ کے شرما جانے کے بعد اس بے چاری کو اس کی ضرورت ہی کیا رہی۔

جلال: صاحب میں آخر کب تک چپ رہوں۔ میرے دوست پر مسلسل اور متواتر حملے ہو رہے ہیں۔ ساری خدائی ایک طرف اور میرا بھائی ایک طرف۔

رفیق: ٹھیرئے مولانا۔ پہلے ہم آپ کی حیثیت معلوم کرنا چاہتے ہیں۔ مشہور ضرب المثل کے مطابق آپ کی حیثیت کچھ بہت ہی نازک ہوئی جاتی ہے۔

اسلم: جی ہاں پہلے یہ بات طے ہو جانا چاہئے۔ ضرب المثل تو یہ ہے کہ ساری خدائی ایک طرف جورو کا بھائی ایک طرف۔

جلال: خیر میں جورو ہونے سے تو رہا۔ زبان کی ذرا سی لغزش سے اتنا بڑا انقلاب پیدا نہیں ہو سکتا۔ مگر میں یہ پوچھتا ہوں کہ آخر کرنل شیخ کا قصور کیا ہے۔ آپ سب کو معلوم ہے کہ آخر یہ بیچارے بھی انسان ہیں۔ ان کے سینے میں بھی دل اور دل میں گداز کا امکان ہے۔ یہ بھی دنیا میں فی الحال تنہا ہیں اور ان کو بھی زندگی کے طویل سفر کے لئے آخر ایک شریکِ سفر کی ضرورت ہے۔

کرنل، لاحول ولاقوۃ۔ اب بات ختم بھی کر چکو۔ یا تو بات کرتے ہی نہیں اور بولے ہیں تو یک مشت بولتے ہی چلے جا رہے ہیں۔

جلال خیر آپ کے اس طرح ڈانٹنے سے میں سچی بات کہنے اور آپ کی طرف داری کرنے سے باز نہیں رہ سکتا۔

مسعود: اچھا نی الحال بس کرو۔ وہ آ رہی ہیں مس رودبی۔

مس روبی نے قریب آکر خالص میزبانوں کے انداز سے سب کو کھانے کی میز پر چلنے کی دعوت دی اور سب مس روبی کے ساتھ کھانے کی میز پر آگئے۔ کھانے کی میز ہی کون سی کسی دعوت کی میز تھی چند تو کھانے والے تھے مگر مس روبی نے اس میز کو سجانے میں مشرقی اور مغربی نفاست پسندی کا گلدستہ بنانے کی کوشش کی تھی۔ تمام میز پر پھولوں کی خوبصورت بیلیں بچھا کر ان پر عجیب عجیب نقش ونگار بنائے تھے۔ خصوصیت کے ساتھ وہ خوبصورت اور شاندار کیک دیکھنے سے تعلق رکھتا تھا جو مس روبی نے خاص اپنے اہتمام میں بنوایا تھا۔ مس روبی سب سے پہلے طلعت اور مسعود کو اُس کیک کی طرف لے گئیں اور اُن سے کہا "یہ رسم مجھ کو معلوم ہے کہ آپ کے یہاں نہیں ہے مگر میری خاطر سے یہ کیک آپ دونوں مل کر کاٹیں تاکہ مجھے بھی معلوم ہو سکے کہ میں بھی اس تقریب میں شریک تھی اور مجھ کو بھی دولہا اور دلہن پر کوئی حق حاصل تھا۔"

مسعود: یقیناً حق حاصل ہے۔ آپ کے یہاں کی یہ رسم تو ہے بھی بڑی جذباتی رسم۔ لو بھئی طلعت مس روبی کی یہ خواہش پوری کرو۔

طلعت نے آگے بڑھ کر مسعود کے ساتھ کیک کاٹ دیا اور سب نے اس رسم کی ادائیگی پر تالیاں بجا کر مس روبی کے جذبات کا پورا احترام کیا۔ کیک کے ٹکڑے کھانے سے پہلے سب ہی کو تقسیم کیے گئے اور مس روبی کا اصرار تھا کہ جب تک یہ کیک سب چکھ نہ لیں گے اس وقت تک کسی کو کھانا نہ ملے گا۔ یہ لوگ ابھی کیک ہی چکھ رہے تھے کہ بیرا گھبرایا ہوا آیا اور اس نے اس انداز سے کہا جیسے خدانخواستہ آگ لگ گئی ہو۔

"چھوٹے صاحب غضب ہو گیا۔ وہ۔ وہ آگئے ہیں۔ زیدی صاحب۔ زیدی صاحب۔

نیر نے چونک کر کہا "کون زیدی؟ وہ ڈبل بور زیدی تو نہیں۔"

مسعود: ہاں ہاں وہی ہوں گے۔ مگر اس قدر پریشان ہونے کی کیا بات ہے۔ آگیا ہے تو آجانے دو۔

اور قبل اس کے کہ زیدی کو بلایا جائے وہ خود ہی دروازہ کھول کر اندر آتے ہوئے بولے "اخاہ یعنی یہاں سب ہی موجود ہیں ۔ نیر صاحبہ میں آداب عرض کرتا ہوں ۔ کہئے مزاج تو اچھے ہیں ۔"

نیر : جی ہاں ۔ اب تک تو اچھے تھے مزاج اب خدا ہی حافظ ہے ۔

مسعود : بہرحال زیدی باقی سب سے میں ملائے دیتا ہوں ۔ یہ ہیں میرے دوست کرنل شیخ ۔ یہ ہیں مسٹر رفیق ۔ ان سے ملو یہ ہیں جلال صاحب ۔ یہ ہیں مس روبی ۔ اور یہ ہیں طلعت جو ابھی آدھا گھنٹہ ہوا تمہاری بھابی بنی ہیں ۔

زیدی : آدھا گھنٹہ ہوا بھابی بنی ہیں ۔ اچھا تو گویا یہ ـــــ یہ ـــــ مگر مجھے سمجھاؤ تو سہی بات کیا ہے ۔ ممکن ہے میں غلط سمجھ جاؤں ۔

نیر : پہلے آپ نے خود سمجھنے کی کوشش کی تھی اور اچھا ہی ہوا کہ خود نہیں سمجھے ورنہ خدا جانے کیا سمجھ بیٹھتے ۔

زیدی : جی ہاں یہی اندیشہ پیدا ہوا تھا مجھے ۔

اسلم : جناب والا ان لوگوں نے مجھے آپ سے نہیں ملایا ہے کہیں میرے متعلق آپ نہ کچھ سمجھ بیٹھیں ۔ میرا نام اسلم ہے اور بخدا اس قصے اور اس رشتے سے میرا کوئی سروکار نہیں ہے ۔

مسعود : بھئی ان کا نام ہے طلعت اور اب یہ مسز مسعود ہیں ۔

زیدی : (ایک دم بھونچکا ہو کر) اچھا ۔ یعنی ۔ گویا ۔ تم مسعود ۔ یہ مسز مسعود ۔ بھابی آداب عرض کرتا ہوں ۔

اس گھبراہٹ پر قہقہوں کا وہ طوفان برپا ہوا کہ توبہ بھلی اور اسی طوفان میں مس روبی نے سب کو کھانے کی طرف متوجہ کرنے کی کوشش کی تاکہ کھانا خراب نہ ہو اور ایک پلیٹ زیدی کے ہاتھ میں بھی تھما دی ۔ مگر زیدی اب تک حیران تھا کہ مسعود کی یہ شادی ہو کیسے گئی اور یہ اتفاق کیسے واقع ہو گیا کہ عین شادی ہی کے دن وہ یہاں

پہنچ بھی گیا۔ مگر اس وقت اس کا دماغ کچھ تو سفر کی وجہ سے ماؤف تھا ہی دوسرے اسے اندیشہ تھا کہ کہیں اس کا مذاق نہ اُڑایا جائے۔ لہٰذا وہ چپ ہی ہو رہا۔ مگر نہ جانے اس کو کیا یاد آیا کہ ایک دم پلیٹ میز پر رکھ کر باہر بھاگنے کی کوشش ہی کی تھی کہ نیر نے اس کو مطمئن کرتے ہوئے کہا "گھبرائیے نہیں صاحب سامان آ ملا لیا ہے تانگے والے کو رخصت کر دیا ہے۔ آپ کھائیں "۔

زیدی نے لوٹ کر پلیٹ اٹھاتے ہوئے کھانا نکالا اور نیر کے قریب آ کر کھانا کھاتے ہوئے کہا "میں اس لئے پریشان ہو گیا تھا کہ سامان کا تو خیر کوئی مضائقہ نہیں مگر سوٹ کیس میں وہ تمام بلٹیاں ہیں جو مال میں بک کرا کے چلا ہوں "۔

نیر نے فریاد کے انداز سے کہا "مسعود بچاؤ مجھے۔ یہ آ گئے ہیں کاروباری گفتگو کرنے "۔

زیدی : جی نہیں مجھے معلوم ہے کہ آپ کو کاروباری باتوں سے الجھن ہوتی ہے۔ میں تو صرف یہ کہہ رہا تھا کہ اگر وہ تانگے والا سامان لے کر بھاگ جاتا تو سب سے زیادہ نقصان ہوتا یہ کہ بلٹیاں چھڑانے میں لوہے لگ جاتے۔

اسلم : تو گویا جناب کچھ کاروبار کرتے ہیں۔

نیر : خدا کے لئے اسلم صاحب رحم فرمایئے ہم سب بے گناہوں پر۔

اسلم : ہاں تو زیدی صاحب کیا ہے کاروبار جناب کا۔

زیدی : جی میں کپڑے کی تجارت کرتا ہوں۔ کاروبار کراچی میں ہے مگر اب لاہور میں بھی اپنی شاخ قائم کر رہا ہوں۔ خیر یہ دو کانیں وغیرہ تو یوں ہی ہیں اصل کام میرا امپورٹ اکسپورٹ ہے۔ آپ کا کیا خیال ہے۔ آج کل لاہور کا کپڑے کا بازار کیسا جا رہا ہے۔

اسلم : میں نے پچھلے سال ایک قمیص کا کپڑا خریدا تھا اُس وقت تو بازار اچھا خاصہ جا رہا تھا۔

زیدی : جی کیا مطلب آپ کا ؟

نیتر : جی ہاں اب ملے ہیں آپ کو آپ کی بات کا جواب دینے والے۔ اب آپ آپس میں ایک دوسرے کا دماغ تناول فرمائیں اب مجھے کوئی اعتراض نہیں۔

اسلم زیدی اور نیتر تو ایک طرف اُلجھے رہے۔ اِدھر کھانا ختم ہونے کے بعد مس روبی نے واپسی کے انتظامات مکمل کر لئے اور مسعود نے بیرے کو سمجھا دیا کہ زیدی کا سامان بھی کوٹھی ہی جائے گا چنانچہ کھانے کے بعد مسعود تو طلعت کی والدہ کے پاس اندر چلا گیا اور ادھر مس روبی نے تمام سامان جو طلعت کے ساتھ جانے والا تھا۔ موٹروں پر لدوا کر کچھ تو روانہ کر دیا اور کچھ اس وقت ساتھ گیا جب مسعود طلعت کو لے کر باہر آئے اور سب کے ساتھ کوٹھی روانہ ہو گئے۔

نواب ممتاز الدولہ کی وہ کوٹھی جو نواب صاحب کے انتقال کے بعد دوسری مرتبہ اس دن ویران ہوئی تھی جب مسعود اس کوٹھی سے گیا آج ایسی بھری پُری نظر آتی تھی کہ جیسے اس گھر کے دن واقعی پلٹ گئے ہوں مسعود اور طلعت کے آجانے سے ہر وقت ایک تازہ چہل پہل نظر آتی تھی اور سب تو خیر نیرّ خود اس قدر خوش نظر آتی تھی کہ ہر ایک کو اس بات پر حیرت تھی کہ آخر مسعود نے کون سا جادو کر دیا ہے کہ وہ مدت کے بعد انتہائی کشیدگی کے عالم میں نیرّ سے ملنے آیا۔ نیرّ کو اپنی شادی کی اطلاع دے کر اس پر سچ پوچھئے تو پہاڑ توڑا گر تھوڑی ہی دیر میں اس کو ایسا رام کیا کہ اب وہ نہ صرف اپنی زندگی بھر کی آرزوؤں کے مزار کی ایک خاموش سوگوار تھی بلکہ وہ تو اس طرح خوش تھی جیسے کچھ ہوا ہی نہیں۔ کبھی طلعت کے لئے اپنی مرضی کے کپڑے نکال رہی ہے کہ مس روبی آج بھابی کو یہ جوڑا پہنا کر ان کے بال اس وضع کے بنا دو۔ کبھی طلعت کو کسی سے ملانے کے لئے پارٹی کے انتظامات میں اپنے کو گم کئے ہوئے ہے۔ کبھی طلعت کو مسعود کے ساتھ سنیما بھیجنے کا انتظام کر رہی ہے۔ کبھی طلعت کے لئے خود پھولوں کے گہنے بنانے میں مصروف ہے۔ مختصر یہ کہ واقعی یہ معلوم ہوتا تھا کہ کوئی ارمان بھری ساس اپنی بہو کے لئے یا کوئی محبت چھڑکنے والی نند اپنی سچ مچ کی بھاوج کے لئے اپنے ارمان پورے کر رہی ہو۔ وہ چاہتی تھی کہ طلعت کو ہر وقت دلہن کی طرح سجائے بنائے

رکھے۔جب دیکھئے اسی کے چوچلے ہورہے ہیں۔اس کے اس انقلابی رنگ کو دیکھ دیکھ کر سوائے مسعود کے اور سب حیران تھے کہ آخر یہ ہوا کیا ایک بیرا جو نیر کو بچپن سے جانتا تھا آنکھیں پھاڑ پھاڑ کر اس انقلاب کو دیکھ رہا تھا۔مس روبی جو نیر کی خاص رازدار رہ چکی تھیں چکر میں تھیں کہ یہ ماجرا کیا ہے! در تو اور اسلم کے تعجب کی کوئی انتہا نہ تھی ۔آخر ایک دن اسلم نے نیر کو طلعت کے لئے ہار گوندھتے ہوئے باغ کے ایک گوشے میں تنہا پاکر یہ ذکر چھیڑ ہی دیا۔

"بھئی مجھے ایک بات سمجھادو نیر کہ اُس جادوگر مسعود نے تم پر آخر کیا افسوں پھونکا ہے کہ کایا ہی پلٹ کر رکھ دی۔ہم لوگ تو حیران تھے کہ مسعود کی شادی کے سانحہ کو تم برداشت کیوں کر کروگی مگر اب دیکھ یہ رہے ہیں کہ جیسے یہ شادی ہی تمہارا زندگی بھر کا ارمان تھی ۔"

نیر: اکبر صاحب ——"

اسلم: ٹھیرئے صاحب میں اس نام پر احتجاج کرتا ہوں۔میرا نام اکبر نہیں اسلم ہے۔اس لئے اکبر میرا وہ نام تھا جو میرے ماں باپ نے اس وقت رکھا جب خود مجھے کوئی ہوش نہ تھا۔اسلم میرا وہ نام تھا جو تم نے رکھا اور اس وقت رکھا جب اس نام کو قبول کرنے کا مجھ میں شعور موجود تھا۔ مجھ کو یہ نام اس قدر عزیز ہے کہ جب کوئی مجھے اس نام سے پکارتا ہے تو خود اپنے اوپر پیار آجاتا ہے۔

نیر: بہتر ہے اکبر صاحب نہ سہی اسلم صاحب سہی۔بہر حال میں یہ کہہ رہی تھی اسلم صاحب کہ مجھے مسعود سے جو وابستگی تھی یا جو وابستگی ہے وہ اس قدر گہری اور خالص ہے کہ اس پر کسی لیبل کے لگنے کی ضرورت نہیں میں تو صرف مسعود کی محبت حاصل کرنا چاہتی تھی جب مجھ کو اس وہم نے گھیرا کہ میں یہ محبت حاصل نہ کرسکوں گی تو میرا رنگ دوسرا تھا جس کا مجھ سے زیادہ آپ کو علم ہے اور جب مجھ کو مسعود نے یہ سمجھا کر قائل کردیا کہ میں اس محبت کو غلط راستے سے حاصل کرنا

چاہتی تھی اور صحیح راستہ یہ ہے تو اب میرا یہ رنگ ہے جو دیکھ سب رہے ہیں مگر مجھ صرف میں ہی سکتی ہوں یا مسعود سمجھ سکتے ہیں۔ آپ اندازہ نہیں کر سکتے کہ مسعود کو مجھ سے کس قدر محبت ہے میں مسعود کی اسی محبت کی طرف سے مشکوک ہو گئی تھی اور اب مجھ کو یقین ہو چکا ہے کہ مسعود کو مجھ سے وہی بے پناہ محبت ہے جس کی مجھ کو تلاش تھی۔

اسلم: یا تو میں پاگل ہوں کہ میری سمجھ میں یہ بات نہیں آ رہی ہے ———

نیر: (بات کاٹ کر) ورنہ میں احمق ہوں کہ ایسی بات کہہ رہی ہوں۔ جی نہیں یہ بات نہیں ہے اصل میں قصہ یہ ہے کہ آپ کی طرح میں بھی اس حماقت میں مبتلا تھی کہ محبت کی تکمیل کے لئے یہ ضروری ہے کہ شادی ہو جائے۔ حالانکہ محبت کی ایک تو تکمیل ہی نہیں ہوتی۔ دوسرے شادی تو محبت کی موت ہے تیسری اور سب سے بڑی بات یہ کہ یہ بات خود مسعود نے مجھ پر روشن کی کہ مجھ کو مسعود سے جو محبت ہے وہ اُس محبت سے بہت ہی ارفع و اعلیٰ ہے جو محبت کرنے والوں کو میاں بیوی بنا کر رکھ دیتی ہے۔ جب مجھ کو یہ محسوس ہوا کہ مسعود کے سینے میں میری محبت سے لبریز ایک دل دھڑک رہا ہے اور اس محبت کا نام بہن کی محبت ہے تو مسعود کی آنکھوں میں اپنے لئے بھائی کی کشش میں نے پہلی مرتبہ محسوس کی اور مجھ کو خود بخود اندازہ ہو گیا کہ زندگی بھر میں نے اپنے کو جس فریب میں مبتلا رکھا وہ خود میری ہی غلطی تھی۔

اسلم: مگر میں ایک عجیب انقلاب یہ دیکھ رہا ہوں کہ مسعود اپنی شادی کے بعد سے جس قدر خاموش ہو گیا ہے اور گم سم سا رہتا ہے اتنی ہی تم شگفتہ نظر آتی ہو، چہکتی چہچہاتی پھرتی ہو۔

نیر: جی ہاں اس کی وجہ صرف یہ ہے کہ اب میں مسعود کے لئے ایک معمہ بن کر رہ گئی ہوں۔ وہ مجھ کو تو سمجھا چکے اور میں ان کو بخوبی سمجھ چکی مگر وہ آپ سب کی اس حیرت سے بے خبر نہیں ہیں۔ خیر اس کو بھی ایک وقتی بات سمجھ لیجئے تو بھی مسعود کو اب یہ فکر ہے کہ وہ میری زندگی کو کسی طرح مسرتوں سے لبریز

کردیں۔ان کو احساس ہے کہ وہ اپنی زندگی تو بہار آفریں بنا چکے ہیں مگر میری زندگی اُن کے نزدیک ہر وقت خزاں کی زد میں ہے ان کو ڈر ہے کہ کہیں میری دنیا ہمیشہ کے لئے ویران نہ ہو جائے۔ وہ نہ جانے کیوں اپنے کو کچھ خود غرض سا محسوس کرنے لگے ہیں۔ آپ کو معلوم نہیں اسلم صاحب کہ مسعود کن نازک احساسات کے آدمی ہیں۔ کاش ان کو اندازہ ہوتا کہ میں ان کو خوش دیکھ کر کس قدر خوش ہوں۔

اسلم: میرے خیال میں یہ اندازہ ان کو ہے اور اسی اندازے کے بعد وہ اور بھی اپنے کو مجرم سمجھتے ہیں۔

نیر: جی نہیں مجرم نہ کہئے وہ مجرم نہ ہیں نہ اپنے کو سمجھتے ہیں البتہ یہ ضرور ہے کہ ان کو یہ احساس ستا رہا ہے کہ گویا انہوں نے خود غرضی سے کام لے کر اپنی زندگی تو سنوار لی اور مجھ کو میرے حال پر چھوڑ دیا۔ وہ چاہتے ہیں کہ جس قدر جلد ممکن ہو ان کو میری طرف سے یہ یقین ہو جائے کہ میری زندگی میں بھی مسرتیں اور شادمانیاں موجود ہیں۔

اسلم: اس بات کا یقین دلانا تو گویا اب تمہارا فرض ہوا نیر۔

نیر: مگر میں خوش تو ہوں۔ آخر میری اس خوشی پر ان کو شک کیوں ہے۔ وہ اس خوشی کو میری خوشی کیوں نہیں سمجھتے۔

اسلم: وہ اتنے ناسمجھ نہیں ہیں کہ مسرت کے اوپری خول کو اصل مسرت سمجھ کر مطمئن ہو جائیں۔ اگر تم مجھ کو معاف کرو نیر تو میں اس سلسلے میں کچھ صاف باتیں کرنا چاہتا ہوں۔ مسعود کو اصل فکر یہ ہے کہ تمہارے لئے تمہاری زندگی کے ساتھی کا مسئلہ کس طرح طے کیا جائے۔

نیر: جی ہاں مجھے معلوم ہے۔ مگر مسعود اس کو نیلام کے قسم کی چیز سمجھے ہوئے ہیں۔ ان کا خیال یہ ہے کہ ــــــــ توبہ ہے ان کو بھی اسی وقت نازل ہونا تھا۔

کس قدر اہم اور ٹھوس قسم کی سنجیدہ باتیں ہو رہی تھیں کہ نہ جانے زیدی کو یہ کیسے خبر ہو گئی کہ باغ کے

اس گوشے میں نیّر موجود ہے۔ وہ حضرت بال بال موتی پروئے نہایت قیمتی سوٹ پہنے اور اس پر نہایت شوخ رنگ کی ٹائی باندھے جس سے ان کی بدمذاقی بلکہ بدتمیزی ظاہر تھی تشریف لے آئے اور آتے ہی ایسا بے ہودہ قہقہہ لگایا ہے کہ نیّر کو وہ پھول بھی غصے سے پھینک دینا پڑے جو اُس نے بڑے چاؤ سے چُنے تھے۔ زیدی نے قریب آکر کہا "اچھا تو گویا آپ دونوں یہاں چھپے بیٹھے ہیں اور میں ہر طرف ڈھونڈھ رہا ہوں آپ کو۔ نیّر صاحبہ کیا رائے ہے آپ کی اس کپڑے کے متعلق اور کیسا سِلا ہے یہ سوٹ۔

نیّر: "ہائے اس چار گرہ کپڑے کی قسمت غالب"

اسلم: خیر یہ تو غلط ہے۔ بات اصل میں یہ ہے زیدی صاحب کہ آپ آدمی ہیں نہایت خطرناک حد تک جامہ زیب۔ میں نہ کپڑے کی تعریف کرسکتا ہوں نہ سِلائی کی۔ میں تو آپ کی چھب کی داد دیتا ہوں کیا جسم پایا ہے کہ جو پہن لیا قیامت برپا کردی۔

زیدی: مگر یہ کپڑا بھی نہایت قیمتی ہے۔ اتنا نرم اونی کپڑا اور یہ وضع آپ کو ہزار دو ہزار کپڑوں میں بھی مشکل ہی سے نظر آئے گی۔ یہ اصل میں صرف ایک ایک سوٹ کے ٹکڑے آتے ہیں اور ایک ٹکڑے کی وضع کا دوسرا ٹکڑا نہیں ہوتا۔

نیّر: کس قدر گھناؤنی باتیں شروع ہوگئیں۔

اسلم: بھلا زیدی بھائی کُل کتنا سرمایہ صرف ہوا ہوگا اس سوٹ پر؟

نیّر: خدا کے لئے اسلم صاحب ——— سرمایہ صرف ہوا ہو یا خزانہ مگر یہ بحث ختم کرادیجئے۔

زیدی: مگر اسلم صاحب نے سرمایہ کچھ غلط بھی نہیں کہا ہے۔ یہ نہایت قیمتی کپڑا ہے اور اس کو سِلوایا بھی ہے میں نے خالص انگریز درزی سے آپ کو معلوم ہے اسلم صاحب اس کی سلائی میں نے کیا دی ہے۔

اسلم: لیجئے بھلا ہمیں کیا معلوم ہوسکتا ہے۔ نہ ہم نے کبھی ایسا قیمتی لباس پہنا اور نہ کسی انگریز

درزی سے کبھی حجامت کرائی۔

زیدی، آپ کو معلوم ہے بندہ نواز کہ میں نے واقعی انگریز حجام سے حجامت بھی کرائی ہے۔ بھئی ایک بات تو ہے اسلم صاحب کہ یہ انگریز دام تو خیر کس کر لیتے ہیں مگر واہ واہ حق ادا کر دیتے ہیں۔ اب دیکھئے اس سوٹ کو کہ جیسے سانچے میں ڈھالا ہو۔

اسلم: مگر بھائی صاحب سانچہ بھی ایسا ہی ہونا چاہئے جیسا آپ کا ہے۔ اور یہ آپ سر کڑے کیوں بیٹھی ہیں۔

نیتر: میں صرف یہ چاہتی ہوں کہ آپ زیدی صاحب کو لے کر یہاں سے چلے جائیں کہیں ورنہ مجھ کو اجازت دے دیں۔ مجھے کوئی دل چسپی نہیں ہے اس کپڑے سے یا اس کی قیمت سے یا اس کی قطع و برید سے یا اس کی سلائی سے۔

اسلم: وہی تو میں بھی کہہ رہا ہوں کہ کپڑے کا کیا دیکھنا۔ دیکھنا تو یہ چاہئے کہ اس کو پہننے والا کون ہے اور کیسا ہے۔

نیتر: اسلم صاحب آخر آپ کیوں مجھ کو مجبور کر رہے ہیں کہ میں اس سلسلے میں کوئی سخت بات کہہ دوں۔ زیدی صاحب آپ کو آپ کا سوٹ مبارک ہو مگر ہم نے آخر کیا گناہ کیا ہے۔

زیدی، جی نہیں۔ میں تو یہ عرض کر رہا تھا کہ کپڑے کا انتخاب بجائے خود ایک فن ہے اور اگر میں کپڑے کا بیوپار نہ کرتا ہوتا تو شاید یہ سلیقہ خود مجھ میں نہ ہوتا۔

نیتر: صاحب ہمارا دماغ بزازہ نہیں ہے کہ آپ گزوں کے حساب سے بدمذاقی فروخت کریں ہمارے ہاتھ۔

زیدی: میں سمجھا نہیں کہ آپ کو کیا بات ناگوار ہوئی۔

اسلم، زیدی صاحب اصل میں ان کے سر میں درد ہے اور طبیعت کچھ چڑچڑی ہو رہی ہے۔ آیئے ہم

دونوں طلعت بھابی کی طرف چلیں۔

اور اسلم نے واقعی نیرؔ کو جان سے بے زار دیکھ کر یہی مناسب سمجھا کہ زیدی کو یہاں سے ٹال لے جائے حالانکہ سر کے درد کا حال سن کر وہ دردِ سر کی کچھ دوائیں بھی تجویز کرنے والے تھے۔ اسلم اور زیدی کے جانے کے بعد بھی نیرؔ دیر تک دونوں ہاتھوں سے سر تھامے بیٹھی رہی اور اس وقت چونکی جب اسلم واقعی زیدی کو طلعت پر نازل کر کے واپس آیا اور اس نے کہا " جواب نہیں ہے ان حضرت کا بھی۔ بمشکل تمام طلعت بھابی سے ان کو اُلجھا کر آیا ہوں"۔

نیرؔ: کتنی اہم اور سنجیدہ باتیں ہم دونوں میں ہو رہی تھیں کہ وہ آ ٹپکے۔

اسلم: تو گویا آپ بھی ان کو اہم اور سنجیدہ باتیں سمجھتی ہیں۔ بہرحال آپ یہ کہہ رہی تھیں کہ اس مسئلہ کو مسعود نیلام کے قسم کی کوئی چیز سمجھتے ہیں۔ یہ میں نہیں سمجھا۔

نیرؔ: یہی تو میں سمجھا رہی تھی۔ دیکھئے اسلم صاحب یہ نیلام نہیں تو اور کیا ہے کہ غلط یا صحیح طریقے پر میں بچپن سے وابستہ رہی مسعود سے پھر یکا یک مجھ کو بتایا، سمجھایا اور یقین دلا کر مطمئن کیا گیا کہ میں مسعود کی محبت کو غلط زاویئے سے دیکھ رہی تھی اور میں نے گویا ایک غلط فہمی کو پروان چڑھایا تھا۔ پھر مسعود کی نظرِ انتخاب میرے لئے اس جانور پر پڑی جس کا نام زیدی ہے اور اب مسعود کچھ اور سوچ رہے ہیں۔

اسلم: مجھ کو اسی سے دلچسپی ہے جو مسعود اب سوچ رہے ہیں۔ مسعود جو کچھ سوچ رہے ہیں وہ آپ کو بھی معلوم ہے اور مجھ کو بھی۔

نیرؔ: مگر آپ خود ہی بتائیے کہ یہ نیلام نہیں تو اور کیا ہے۔

اسلم: فرض کر لیجئے کہ یہ نیلام ہی ہے تو کیا آپ کو اس سے اختلاف ہے۔

نیرؔ: اسلم صاحب میں نے اس مسئلہ پر غور کرنا ہی چھوڑ دیا ہے۔

اسلم: مگر یہ تو بہر حال طے ہے کہ زندگی کے لئے ایک ساتھی کا آپ کو انتخاب کرنا ہے۔

نیرؔ: مجھ کو جب مسعود میں بھائی کی محبت مِل گئی تو میری وہ حسرتیں بے آسرا ہوگئیں جو مسعود کے لئے تھیں اور یقین جانئے کہ پھر میں نے اس مسئلہ پر کبھی غور نہیں کیا۔ یہ ٹھیک ہے کہ یہ انتخاب مجھ کو کرنا چاہئے مگر میں اپنی قوتِ فیصلہ سے مایوس ہو چکی ہوں۔

اسلم: اس کے معنی یہ ہوئے کہ اب خواہ کوئی بھی ہو آپ کے نزدیک کوئی زیادہ فرق پیدا نہیں ہوتا۔ اگر یہ سچ ہے تو زیدی . . . .

نیرؔ: (چونک کر) اللہ زیدی کا نام میرے سامنے نہ لیجئے۔ قوتِ فیصلہ اب ایسی بھی مفلوج نہیں ہوئی کہ زیدی میں مجھ کو خوبیاں نظر آنے لگیں اور میں زیدی کو اپنے لئے گوارا بنا سکوں۔

اسلم: اب میں براہ راست یہ سوال کرتا ہوں کہ مسعود کی طرف سے آپ کے سامنے یہ تجویز آئے کہ اسلم جس کو تم نے اپنے شایانِ شان بنانے کے لئے نہ جانے کتنی محنت کی ہے اس کے متعلق اب کیا رائے ہے

نیرؔ: میں یہ تجویز سن کر چپ ہو جاؤں گی۔ اس لئے کہ میری قوتِ فیصلہ جواب دے جائے گی۔

اسی وقت باغ کے اس گوشے کی جھاڑیوں میں حرکت پیدا ہوئی اور مسعود طلعت کے ساتھ ہنستا ہوا سامنے آگیا نیرؔ اس طرح سٹپٹائی جیسے اسے کسی نے عین چوری کے وقت گرفتار کر لیا ہو۔ مسعود کے چہرے پر غماز مسکراہٹ تھی اور طلعت کا چہرہ خوشی سے تمتما رہا تھا۔ اسلم کی سمجھ میں بھی کچھ نہ آیا کہ یہ کیسے نمودار ہو گئے مگر بہت ہی جلد مسعود نے سمجھا دیا " میں صرف یہی سُننا چاہتا تھا اپنی بہن سے کہ وہ چُپ ہو جائے گی اور جب اس کی قوتِ فیصلہ جواب دے جائے گی تو اس کا وہ بھائی فیصلہ کرے گا جو اس کی زندگی پھولوں سے لبریز کر دینا چاہتا ہے۔"

طلعت: توبہ ہے کتنے دنوں کے بعد مسعود کے چہرے پر آج تبسّم کی کچھ لہریں پیدا ہوئی ہیں۔

مسعود: اس لئے پیدا ہوئی ہیں کہ آج میں کسی نتیجے پر پہنچ گیا۔ مگر اسلم صاحب یہ واضح رہے کہ میری نیرؔ واقعی نیلام پر نہیں چڑھائی جا رہی ہے بلکہ اب یہ آپ کا کام ہے کہ آپ خود اس کے ہاتھ بِک جانے کی

کوشش کریں۔

اسلم : گویا بردہ فروشی کو آپ پھر رواج دینا چاہتے ہیں۔ مگر کیا مضائقہ ہے اس میں۔ ہزار بار بھی یوسف بکے غلام نہیں۔

طلعت : ذرا آئینہ دیکھ لیں یوسف صاحب۔

مسعود : بہرحال مولانا میں نے تو فیصلہ سنا ہی دیا ہے۔ آگے آپ کی صلاحیت کہ اپنے کو کن داموں بیچتے ہیں۔

اور اسی وقت مس روبی بھری ہوئی شیرنی کی طرح غصے سے سُرخ اور اشتعال سے کانپتی ہوئی وہاں پہنچیں۔

" مسعود صاحب اگر آپ کو اپنے دوست مسٹر زیدی بہت عزیز ہیں تو ان سے کہیئے کہ شرافت کے ساتھ اس گھر میں رہیں۔ ان کو کیا حق تھا کہ میرے کمرے میں آ کر مجھ کو سوتے سے جگایا اور پھر مجھ کو اپنا نیا سوٹ دکھا کر پوچھا کہ میں کیسا معلوم ہوتا ہوں۔ یہ آخر بدتمیزی کی کون سی قسم ہے۔

اسلم : قسمِ اوّل۔ مگر اب آپ اطمینان رکھیئے کہ وہ آئندہ اپنی جامہ زیبی کی داد کسی سے نہ لیں گے۔ یہ سوانگ جس کھیل کے لئے وہ رچ رہے تھے وہ کھیل ہی ان کے لئے ختم ہو گیا۔ میں ان کو ایک ایسی اطلاع دینے جا رہا ہوں کہ اپنے سوٹ پر ان کو اپنے ارمان کے کفن کا شبہ ہو۔

اسلم واقعی چلا گیا اور مسعود نے بڑی مشفقانہ محبت سے نیر کو دیکھ کر اس کا سر اپنے سینے سے لگایا۔ اور طلعت نے نیر کے دو آنسو اپنے رومال پر لے لئے۔

اس ناول میں ایک نہیں، تین داماد ہیں —— پہلے داماد تو وہ مسعود میاں ہیں، جو زندگی بھر نیر سلطانہ کے گھر رہے؛ اور نیر ان کو اپنا سب کچھ سمجھ کر نوازتی رہی۔ مگر شادی انہوں نے کسی اور سے کرنے کی ٹھان لی۔ اور دوسرے داماد اسلم میاں ہیں، جن کا اصل نام تو خدا بخش ہے۔ جیل خانے میں سال دو سال چوری کے الزام میں سزا کاٹ کر بُرے حال احوال باہر نکلے تھے۔ نیر سلطانہ اپنے گھر لے آئیں اور سرکس کے جانور کی طرح سدھا کر اس قابل کیا کہ سوسائٹی میں لے اپنے منگیتر کی حیثیت سے پیش کر کے مسعود کو رقابت کی آگ میں جلا سکیں، مگر خدا بخش جب پڑھ لکھ کر اسلم میاں بن گئے تو مزاج ان کا بھی عاشقانہ ہو گیا اور وہ محض کرائے کے منگیتر بننے پر راضی نہ ہوئے۔ تیسرے داماد ہیں کرنل شیخ۔ جو اسلم کی اینگلو انڈین استانی مس روبی پر بُری طرح عاشق ہیں۔ اور **شوکت تھانوی** نے غضب یہ کیا کہ پڑھنے والوں کو ہنسلاتے ہنساتے وہ کرنل شیخ اور مس روبی کا نکاح کرانا **بھول گئے**۔ . . . خیر یہ سب تو آپ کتاب پڑھ کر ہی پوری طرح سمجھ سکیں گے۔